集英社オレンジ文庫

祭りの夜空にテンバリ上げて

一原みう

本書は書き下ろしです。

もくじ
たこ焼

イラスト／オオタガキフミ

序章

日本のお祭りの数は十万とも三十万とも言われている。春夏秋冬《しゅんかしゅうとう》――一年を通し、毎週のように全国各地でさまざまなお祭りがくりひろげられる。

お祭りの当日、会場には多くの露天商《ろてんしょう》の大型トラックが停まり、屋台の道具、食材、商《ネ》品《タ》が積み下ろされる。

露天商の人たちは自分の店の配置場所につき、屋台を設営する。

まずは三寸《さんずん》と呼ばれる土台を組む。三寸の名前の由来には諸説あるが、売台の高さ――一尺三寸の一尺を略したものだと言われている。

折りたたまれた三寸の板をL字型に開き、二枚の板をコの字型につないで、渡し棒で固定する。そして、その上にテーブルとなるビラ板――ベニヤ板にステンレスを巻いたものを置く。

三寸が組めたら、販売ネタの火床《ヒノコ》を設置する。

ヒノコのことをカイキ（機械をひっくり返した呼び名）という人もいる。ヒノコも、カイキも要するに火を使う焼き台のことで、たこ焼きなら「たこ焼き機」のことだ。

それから三寸の四隅の穴に、柱となる立ち棒を差し込み、骨組みを作る。その後、屋根とのれんの準備をする。

午前十時頃、トラックが出払った頃を見計らい、

「テンバリ、お願いします」

お祭りをとりしきる世話人の号令で、テンバリが上がる。

テンバリとは露天商用語で、屋台の屋根の幕のこと。テンバリを上げることで商売が開始する。つまり、ここからお祭りがはじまるのである。

赤地に黒の「たこ焼き　大多幸《おおたこ》」の天幕。

その下で、父はたこ焼きを売っていた。

屋台のメニューで一番人気は今も昔もたこ焼きで、あらゆる年代の人たちに愛される。

短く刈られた頭に黒い鉢巻《はちま》きをして、「大多幸」のロゴが入った黒い半袖《はんそで》Tシャツに、黒いエプロンをつけた父は、サーファーのように日焼けしていた。めくりあげたシャツの袖から、筋肉質な浅黒い肌をのぞかせ、エンターテイナーのようにたこ焼きを焼いた。

父の両手は魔法のようだった。

熱された鉄板に生地が流し込まれると、じゅーっという音が弾ける。

それぞれの穴に千切りのキャベツに長ネギ、そして、穴からはみだしそうなくらいの大きい、ぶつ切りのタコが放り込まれる。さらにその上に生地が流し込まれ、パラパラと揚《あ》げ玉《だま》がかけられる。

一連の作業が終わると、左右の手にキリを持ち、それぞれの穴の両端からたこ焼きをひっくり返す。たこ焼きに触れただけで、くるりと一回転。角をとったオセロの白が黒にかわるように、気持ちよく焦げ目のついた面が次々と表にあらわれる。

流れるような手際《てぎわ》に観衆のどよめきが走る。

「いらっしゃい。どうぞ。熱々のできたてですよ。お一ついかがですか。食べると元気になりますよ」

父の動きにはまったくの無駄がなかった。それでいて、楽しげに笑い、お客と会話を交わす。父が焼く姿を一目見ようと、人々がおしかけてくる。

たこ焼きが焼き上がってくると、食欲をそそるにおいがあたりに充満する。そうすると、ひとつ、ふたつと注文が増えていき、

「アオノリショウガマヨネーズ大丈夫ですか?」

という呪文のような言葉が響く。お客によってトッピングの好みは違う。「マヨネーズだけ」という人もいれば、「紅生姜《べにしょうが》なしで」という人もいる。

父は焼き上がったたこ焼きを一粒ずつキリでつまむと、ぽん、ぽんと器《うつわ》にのせていく。

その上にまた食欲をそそる焦げ茶色のソースをかけ、手早くふりかけたマヨネーズで縞模《しま》様を作り、青のりをのせ、紅生姜を添える。上からかつおぶしをかけると、完成だ。

見た目にも鮮やかなたこ焼きに、お客たちは笑顔になる。見て笑顔になり、食べて笑顔になる。熱々のたこ焼きをはふはふ言いながら、頬張《ほおば》る。

「うまっ。やばっ」

「熱いけど、おいしいね」

「やっぱり尊《たける》さんのたこ焼きは格別だね」

「毎年、お祭りで尊さんのたこ焼きを食べるのを楽しみにしているんですよ」

お客が喜ぶ顔を見て、父も笑顔になった。

父の目尻には、深く刻まれた笑い皺《じわ》があった。

その顔を見て、母は父に強く惹《ひ》かれたという。これだけ皆に愛され、いつも笑っている人と一緒に生活するのは、楽しいに違いないと。

――渚《なぎさ》、いつかお前が大きくなって、大切な人ができたら、特別なたこ焼きを焼いてやるからな。

父はそう言って笑った。

——特別なたこ焼き?

——ああ、楽しみにしてろよ。

笑いながらたこ焼きを焼く父は、最高に格好よかった。渚の誇りであり、憧れだった。

父の仕事が「露天商《テキヤ》」であることを知るまでは。

第一章

二〇二〇年六月下旬《げじゅん》。

コロナ禍《か》による五都道県の緊急事態宣言が解除され、県をまたぐ移動の自粛《じしゅく》が解除された都内。首都高を一台の黒塗りのベンツが走る。

後部座席の渚《なぎさ》は、スマホから流れる母の声を聞いていた。

「いい？　山下《やました》さんとの面会は一時間だけ。お茶をいただいたら、帰ってくるのよ」

「わかってるって」

「その喋《しゃべ》り方。そんなぞんざいな口の利《き》き方をしたら、まただめになってしまうわよ」

「わかっています」

「食事に誘われても丁重に断ってすぐに帰るのよ」

十二時までに帰らないと魔法がとけると忠告したシンデレラの名付け親のように、母は何度もくりかえした。

まったく信用がない。といっても、これまでさんざんお見合いで失敗続きだったのだから仕方がない。

「もう着くから切るね」

通話を切ると、渚はスマホを鞄《かばん》の中にしまう。

「渚お嬢様、忘れ物はありませんか？」

ホテルのエントランスで出迎えるベルボーイより一足先に車のドアを開け、運転手の鏑《かぶら》木《き》が言った。モデル並の容姿の彼は、立っているだけで女性たちの視線を集める。

「ええ、ありがとう」

渚は鏑木の手をとり、車からおりる。

渚が纏《まと》っているのは、シンデレラが着るような華やかなドレスではなく着物。場所も、舞踏会の会場である王子様のお城ではなくホテルだけれど。

豪華なシャンデリアが輝くホテルのロビーは、五年前に渚が住んでいた場所とは別世界。

その奥で王子様が待っている。

「渚お嬢様、今度こそ、うまくいきますように」

今度こそ、というのは余計だけれど、鏑木の気遣いはうれしい。

「ありがとう」

「スマホの電源は切っておくか、マナーモードにしておくんですよ」

「何度も言わなくても、わかっています」

渚は笑顔をつくる。鏑木も母と同じく口うるさい。それだけ、渚が過去にやらかしてきたということなのだけれど。

「お嬢様の幸せを祈っておりますので。どうか私に構わず、ごゆっくりお過ごしください」

渚を見送る鏑木は、どこかそわそわしている。渚を送り届けた後の待ち時間、複数いる彼女の一人と会うことになっているのだろう。

渚に気づかれていないと思っているのが不思議だ。

「西脇《にしわき》渚様でいらっしゃいますね。ご案内します」

顔なじみになったホテルの支配人が出てきたので、後ろについて歩く。

渚は大きく深呼吸をする。ふかふかした絨毯《じゅうたん》に足をとられて転ばないように。すっ転んで、展示されている一流の美術品に傷をつけないように、慎重に。

待ち合わせの場所はいつものラウンジ。

スーツ姿の細身の青年が渚に向けて、手をふった。

渚は額に噴き出る汗をさりげなくハンカチでおさえながら、彼――山下さんに近づく。

昔なら手でぬぐったところだが、さすがにそれは淑女《しゅくじょ》らしくないということを、この五年で知った。誰もが思う清楚《せいそ》なお嬢様を演じ、どうにか結婚までこぎつけたい。

それが母や祖母の願いでもあり、自分の願いでもあるからだ。

「山下さん、すみません。渋滞で遅れてしまって」

「いえ、僕も今来たところですから。相変わらず、おきれいですね。そのお着物はお母様の清子《さやこ》さんのお見立てでしょうか。よくお似合いです」

「ありがとうございます」

渚は思わずうつむく。褒《ほ》められ慣れていないから、こういう場合、どういう態度をとっていいかわからなくなる。だけど、お世辞《せじ》でもうれしい。

今まで渚の人生で、山下さんのように歯の浮くような台詞《せりふ》を言う人はいなかった。住む世界が変われば、人も、耳にする言葉も違うものだ。

山下さんは頭の先から爪の先まで、洗練されている。オーダーメイドのスーツに、さりげなくブランド物の小物を光らせている。コロナ対策でつけているマスクすら、どこかの有名デザイナーの品であるようだ。

渚はホテルの窓ガラスに映る自分の姿を見る。母が新調してくれた淡い桃色の単衣《ひとえ》。憧れていた着物が、これほど重くて動きにくいものとは知らなかった。

おまけに梅雨時《つゆどき》のじめじめとした蒸し暑さ。熱中症対策をしてきたとはいえ、五分歩いただけで、着物の下は汗びっしょりだ。着物自体、着慣れていないので、似合っていない気もしないではない。裾《すそ》を気にしないといけないので、歩きにくいことこの上ないし、急遽《きゅうきょ》間に合わせで借りた草履《ぞうり》のサイズが合っていない。鼻緒《はなお》がすれて痛い。

でも、そんなことを山下さんに知られるわけにはいかない。初めての、二人きりのデートなのだから。

「今日はお母様はご一緒ではないのですか?」

山下さんはにこやかに渚に訊いた。

「ええ、母はその……たまには若いもの同士で二人きりで会うのもいいんじゃないかと」

「三度目の逢瀬《おうせ》にしてやっと許可がおりたんですか」

「あ、でも——コロナはまだ流行《はや》ってますし、母との約束がありますので、そう長い間は」

「わかってますよ」

山下さんはゆったりと微笑《ほほえ》む。

「少し涼まれたら、一緒にホテル内の日本庭園を歩いてみませんか? 雨上がりで空気がきれいですよ。コロナでお客が少ない今だからこそ、ゆっくりお話しできます」

「はい、ぜひ」

渚もつられておっとりと微笑む。

人生ってわからないものだ。

自分にこんな素敵な男性とめぐりあえる機会が訪れるなんて——。

数カ月前の自分は想像もしていなかった。

山下さんと出会えたのは、世界中に猛威をふるっている新型コロナがきっかけだった。

二カ月前、大学を卒業後に就職した有名パティスリーがコロナで倒産し、渚は家に戻った。再就職を考え、求人広告を見て電話したり、メールを送ったりしてみたけれど、返事はなしのつぶて。

　お嬢様大学を出た友人たちは、大学在学中から親が決めた婚約者がいたり、親のすすめでお見合いをしたりして、あれよあれよという間に結婚してしまった。

　お見合いなど時代錯誤《じだいさくご》だと思っていたが、母の生まれ育った環境では意外と多いことも知った。やはりそれなりの資産や格式のある家では、家庭環境が違いすぎると、お互いうまくいかないことを知っている。

　そんなときに母が「就職先」をさがしてきた。その相手が「山下さん」だった。

山下豊《ゆたか》、二十八歳。とある大企業の創業者の三男坊。

成績優秀でT大を主席で卒業した後、親が所有しているイベント会社の副社長に就任。

その人が偶然、パティスリーで働く渚を見かけて、気に入ったのだという。

　意外な縁に渚の母も驚いたが、実際に山下さんと会って、悪くない——という判断を下した。

「彼のような人は二度とあらわれないかもしれないから、絶対に逃してはだめよ」

　今日も、ホテルのラウンジに行く前に何度も念を押された。

　自分にまさか縁談がふってくるなど思っていなかったけれど、母の言葉どおり、これほどの好青年とめぐりあえる機会はないと思った。なにより、渚自身、山下さんと会って話すのが楽しかった。

離婚経験のある母は、渚に言い含めるように言った。

「いいわね、渚。山下さんに何を訊かれても、父親のことだけは話してはだめよ。うまくごまかしなさい。それが縁談への近道なんだから。それと、ぼろを出す前に帰るのよ。あなたは追い詰められると、いつも大失敗するんだから」

母からの信用がなかったのは、渚に破談という前科があるからだ。

気を抜くと、つい地が出てしまう。清楚な令嬢でなければならないのに、十七歳まで育った環境の、ぞんざいな言葉遣いが飛び出してしまう。

デートでお茶しか許されないのは、まだテーブルマナーがマスターできていないからだ。

そんな渚の顔を見て、白い歯を見せて笑うと、

「それ、つけてくださったんですね」

山下さんはめざとく渚の右手の薬指の指輪に気づいた。大粒のダイヤモンドが燦然《さんぜん》と輝いているプラチナリングは、山下さんからの贈り物だ。

「ええ、山下さんに会うので……」

自分はこんな高そうな指輪、汗で汚したくないから家に置いておきたかったのだけれど、母が絶対につけていけと言った——というところはふせ、渚は微笑む。

「そうですか。うれしいです」

山下さんは渚の手をとった。

「一時間しか一緒にいられないのなら、できるだけ渚さんと距離を詰めておきたいです」

まるでドラマのような台詞が、次々と山下さんの口から出てくる。

こんなことが自分に起きるなんて本当に信じられなかった。少なくとも五年前は。

「渚さんは横浜《よこはま》生まれ、横浜育ちなんですよね」

山下さんは草履でちょこちょこ歩く渚にあわせて、歩調を落とす。さりげない気遣いができる人だった。

「はい」

「西脇家の別宅が横浜におありなんですか?」

「あ、ええ、まあ、そうです」

「そんなに固くならないで。銀座《ぎんざ》のパティスリーで見かけた渚さんはもっと元気一杯でしたよ」

「そんな……お恥ずかしい……です」

「それにしても、西脇家のご令嬢がすごいですね」

山下さんに限らず、皆、西脇という名前に驚くようだ。

西脇家の歴史は古く、ウィキペディアに家系図が載っている。かつては皇族と関係があったり、大物政治家を輩出《はいしゅつ》したりした家らしい。しかし、山下さんにご令嬢――と称されても、ピンと来ない。渚がお嬢様と呼ばれる立場になったのは、ここ数年のことだからだ。

「社会勉強は普通、系列の会社や知人のところで行うものなのに、渚さん自身でその職業を選ばれたというのは、さすがです。パティシエになりたいと思われたのは？」

「おいしいものを食べると元気になりますよね。昔からちょっとした料理をするのが好きだったので。お菓子作りもやってみたかったんです」

ちょっとした料理とは小麦粉を使ったB級グルメのことなのだけど、山下さんの頭の中では、フランス料理やイタリア料理がイメージされているようだった。

「じゃあ、渚さんのお好きな食べ物ってなんですか？」

「好きな食べ物……ですか？」

渚は考える。この質問にふさわしい食べ物はなんだろう。お好み焼きとよっちゃんイカとは言えない。

「食べ物に限らず、渚さんが好きなものが知りたいです。いろいろと想像してみたんですけど、どうしてもわからないんです。これまで渚さんのような女性に会ったことがなくて」

確かにそうだろう――と渚は心の中で思う。渚のような特殊な経験を持つ、お嬢様がほかにいるとは思えない。

「あの、山下さんのお好きなものは？」

考える時間を稼《かせ》ぐために、渚は山下さんに同じ質問を返す。山下さんは渚の手を握る指に力をこめて言った。

「僕は海が好きなんです。昨年は東京湾をクルージングしながら、うちの会社の人間や秘書と花火大会を見たんですよ。うちの会社が請け負ったイベントの一環で。横須賀《よこすか》のほうなんですけど」

「ああ、久里浜《くりはま》のペリー祭のフィナーレの花火大会ですか？」

山下さんの言葉を聞いて、渚はすぐに反応する。

横須賀市久里浜の花火大会は何度か行ったことがある。久里浜は、幕末に黒船艦隊を率《ひき》いて浦賀沖《うらがおき》に来航し、江戸幕府に開港を迫ったペリー提督がアメリカ大統領の国書を渡した場所で、ゆかりの公園と記念館がある。

黒船来航と開国、ペリーと結ばれた日米和親条約《にちべいわしんじょうやく》は日本史の授業で必ず出てくる。知識を披露すると、山下さんは目を丸くした。

「よくご存じですね。久里浜の花火大会まで知っているとは」

「あ、えーと、友達がいるので。その……一緒に……」

渚は言葉を濁す。友達と一緒に久里浜に行った――というところは嘘ではない。

「話せば話すほど、渚さんって神秘的です。小さい頃はどんなお子さんだったんですか？」

「どうって……。普通です」

「友達につけられたあだ名とかあります？」

「高校のクラスメートにお祭りガールって呼ばれたことがあります」

「お祭りガールですか」

山下さんは軽くふきだした。

「いやあ、渚さんの清楚《せいそ》な外見とお祭りガールって似合わないですよ。意外だな」

「そうですか？」

「どっちかっていうと、インドア派に見えるので。あだ名をつけられるってことは、そんなにお祭りがお好きだったんですか？」

「いえ、お祭りに詳しかったからです。それしか取り柄がないと言いますか……。その……神奈川県内のめぼしいお祭りの日程は暗記していましたし」

渚はしどろもどろになる。

脳裏《のうり》に、能面の「小面《こおもて》」から「般若《はんにゃ》」になった母の顔が浮かんだ。お祭りガールのことは黙っておいたほうがよかったかもしれない。

「本当ですか？　じゃあ、大岡川《おおおかがわ》のお花見は？」

「大岡川桜まつりは四月四日と五日です」

「当たりだ！」

スマホで日程を確認した山下さんは感嘆《かんたん》した。

「Ｇｏｏｇｌｅで検索するよりはやい」

「今年はコロナで中止になりましたけど、毎年四月の第一土曜日と日曜日に開催されるんです」

「すごい記憶力ですね。渚さんにそんな特技があったとは。頭がいいんですね」

「違います。父が――」

思わず呟《つぶや》いてしまったけれど、今のは、明らかに失言だった。

久里浜の花火大会のことを話してしまったから、つい。暑さのせいで、頭の回転が鈍くなっているのかもしれない。

「お父様が？」

「なんでもないです」

「隠すことないじゃないですか。そういえば、お父様のことを伺《うかが》っていませんでしたね。離婚されたそうですが、どんなご職業を」

「それは――」

母には父のことは誰にも言ってはいけないと釘をさされた。

それが五年前、父と離婚した母にひきとられたときの条件だった。父親の存在は醜聞《しゅうぶん》の原因になるからと。母方の祖母からもきつく言い含められた。

「わたしも実際、よく知らないんです。そんなに気になりますか？」

笑ってごまかす渚に、山下さんは真剣な目を向けた。

「気になりますよ。結婚相手のことですから」

「え？」

渚は目をぱちくりさせる。

「僕は婚約したものと思っていましたが、違うんですか？」

「こ……」

婚約指輪だったのか、これは──。渚は右手の薬指に燦然《さんぜん》と輝くダイヤモンドを見る。

前回のデートのときに、山下さんから受け取ってほしいと言われたから受け取っただけで、そのときに求婚された覚えもなかった。

高そうな石だなとは思ったけれど、実際の値段は知らない。母も祖母も、この程度の石ならいつも指にはめている。あまりにも気楽にくれたから、山下さんならこのくらい簡単に買える人間なのかと思っていた。

婚約指輪だと認識した瞬間、額から汗が流れ出した。

左手ではなく、右手の薬指にはめてしまった失態にも、今更ながら気がついた。

「渚さんがお祭りがお好きなのは、もしかしたらお父様の影響なんですか？」

山下さんは何事もなかったかのように話を続けた。

「それは……その……」

「うちの秘書も渚さんと同じようにお祭りが好きなんですよ」

「来月、うちの会社がやるイベントの撮影にどうしても呼びたい人がいるって。ほら、日本庭園を借りるって話をしましたよね」

「え、ええ……」

話が父のことからそれたので、ほっとした瞬間だった。

「横浜には知る人ぞ知る伝説的なたこ焼き職人がいるらしくて、その人を呼んだら画的《えてき》におもしろいんじゃないかってその話ばかりするんです」

「たこ焼き……ですか」

着物の下から、汗が噴き出した。まさかその単語が山下さんの口から出てくるとは思っていなかった。

「渚さん、屋台のたこ焼きって食べたことあります？」

「たこ焼きは……ええ、まあ……」

「いいですね。お恥ずかしながら、僕は、ちゃんとしたお祭りに行ったことがなくて――人混みが苦手なんですよ」

渚の頭の中は真っ白になる。もしかして、山下さんは父の正体を知っているのだろうか。知っていて、わざと渚にこの話を持ちかけて、反応を見ているのだろうか。

渚の内心の葛藤《かっとう》を知ってか知らずか、山下さんは話を続けた。

「そうなんですか」

「今は、コロナでお祭りは中止になっていますけど、その職人のたこ焼きを食べた人は幸せになれるそうなんです」

「あの……」

その人に心当たりがある──とは言えず、渚は言いよどむ。横浜広しとはいえ、そんな職人は一人しかいない。

「食にうるさいうちの秘書が言っているのでよっぽどなんでしょうね。写真を好まない人らしくて、ネットに写真は上がっていないんですけど、『大多幸《おおたこ》』のロゴが入った、黒いTシャツに、黒いエプロン姿だそうで。ああ、ちょうどああいう──えっ？」

山下さんは驚きの声をあげた。つられて渚も山下さんの視線の方向を見る。

そこに、山下さんが言ったのと同じ服装をした男性が立っていた。

黒いTシャツに黒いエプロン。胸にはたこ焼きのイラストと、大多幸のロゴ。

「まさか……」

山下さんは渚の顔を見る。渚も自分の目を疑った。

「どうして、ここに……」

彼は伝説のたこ焼き職人ではない。そのたこ焼き職人の元弟子だ。

たこ焼き職人に譲《ゆず》ってもらったTシャツとエプロンを日常的に着ているだけ。

ただ、彼はこの場所で異様な迫力を醸《かも》し出していた。もともと人相が悪い人が黒いマスクをしているから、ならずものに見えてしまう。

ホテルのスタッフも声をかけるべきかどうか、判断を迷っている。

「渚お嬢さん！」

彼の目はまっすぐに渚をとらえた。

「竹《たけ》さん、どうしてここにいるの！」

名前を呼ばれた瞬間、思わず叫んでしまい、渚はマスクの上から口をおさえる。

これまでおっとりとした喋《しゃべ》り方をしていたのに、急に人が変わったかのような口調。山下さんはどう思っただろう。そう思ったけれど、彼の顔を見られなかった。

竹さんとは子供の頃からのつきあいで、父が仕事で忙しいときは遊び相手になってもらった。何時間立ち仕事をしてもびくともしない、体力だけはとりえの彼が玉のような汗をかき、息せき切っている。

その様子を見ると、なにか緊急事が発生したのがわかった。

渚は山下さんに断りを入れ、竹さんに近づいた。

「すみません、お嬢さん。突然こんなところまで。しかも、大事なときに――」

「いいよ、何があったの」

「お嬢さんのスマホに連絡したんですが――」

「え、あ、ごめん」

渚は小脇に抱えていた利休《りきゅう》バッグのファスナーを開け、スマホをとりだした。山下さんと会っている間、ずっと電源を切っていた。

「清子さんに連絡して、渚さんがここにいるって知ったんです。電話でお話しするより、自分が来たほうがいいかと思いまして」

スマホの電源が入る前に、竹さんは言った。

「どうしたの」

「本当になんて言っていいか……」

竹さんは顔をゆがめると、一呼吸おいて言った。

「驚かないで聞いてください。実は、尊《たける》さんが今朝方、亡くなりました」

「え……?」

渚は耳を疑った。

尊さん――彼の話はさっき耳にしたばかりだった。

その人こそ、山下さんが話していた知る人ぞ知る伝説的なたこ焼き職人。そして、渚の父親だった。

第二章

目の前が真っ暗になるというのはまさにこのことだった。

父が死んだという事実は頭で理解できても、心が受け入れられなかった。

まだ四十五歳。早すぎる。

それと同時に、どうしてよりにもよってこんな日に――という思いも去来する。

竹《たけ》さんに引っ張られるようにホテルの外に連れ出されたけれど、頭の中はぐちゃぐちゃだった。あっけにとられたような顔をした山下《やました》さんを置いてきてしまった。上手な言い訳も見つからなかった。

こういうときに限って、運転手の鏑木《かぶらき》は駐車場にいなかった。それもそうだ。二時間は山下さんと一緒に過ごす予定だったから、休憩時間をあげてしまった。電話をしたけれど、つながらない。勤務中なのに、彼女と楽しくやっているのだろう。

渚《なぎさ》をのせたワンボックスカーは首都高を走る。

父の家――渚が生まれ育った横浜《よこはま》市金沢《かなざわ》区までは、高速を使っておよそ一時間。

「お嬢さん、大丈夫ですか?」

運転席の竹さんはルームミラー越しに、後部座席の渚の顔を見る。

「このたびはご愁傷《しゅうしょう》さまで、なんて言っていいか」

「竹さん、危ないから運転に集中して」

「はい、すみません」

竹さんと会うのも、渚が父の家を出てから五年ぶりだ。積もり積もった話があるのに、なに一つ言葉にならなかった。

「竹さん、わたし、こんな格好で行っていいのかな。実家にわたしの服、残ってないんだけど」

「問題ないです。なにかあれば誰かのを借りればいいですよ。むしろ、渚お嬢さんの和装なんてめずらしいじゃないですか。尊《たける》さんにその姿、見せてあげたら喜ぶと思います」

「いくらなんでも非常識じゃないかな。それに――」

お父さんはこの姿をもう見られないじゃない――その言葉を渚は呑《の》み込んだ。

「尊さん、ここのところずっと体調がよくなかったらしいんですよ。夏バテかな、なんて言ってたんですけど、コロナ騒動で病院に行き損《そこ》ねてしまったみたいで。ほら、病院に行って万が一感染したらって。それでなくとも、病院って病人が集まっているところですし、風邪《かぜ》でもうつされた日にゃ、商売あがったりですから」

竹さんは言い訳のように、渚に説明した。

「死因は心不全《しんふぜん》だそうです。ま、原因不明の突然死の場合、皆、診断書に心不全って書かれるみたいなんですけどね。尊さん、いろいろ無理していたみたいで。いつも笑っていたから、具合が悪いなんて誰も気づかなかったんです。まさかこんなことになるなんて……」

「そう……」

会話を交わしながらも、実際のところ、内容はほとんど頭に入らなかった。

どこかふわふわしていて、現実感がない。

渚はスマホの着信履歴を見る。電源を切っている間に、いろんな人から着信が入っていた。ＬＩＮＥを開くと、山下さんから渚を気遣うメッセージが入っている。

ほんの数十分前、山下さんから父の話を聞いたばかりだった。


――横浜には知る人ぞ知る伝説的なたこ焼き職人がいるらしくて。

――その職人のたこ焼きを食べた人は幸せになれるそうなんです。

――食にうるさいうちの秘書が言っているのでよっぽどなんでしょうね。


彼は渚の父親のことを知って、話題をふってきたのだろうか。

渚の表のプロフィールには、父親のことは記載されていない。調査会社で調べても普通は出てこない。西脇《にしわき》家の人が手をまわしたそうだから。

世間的には、母の元婚約者だった某《ぼう》名家の御曹司《おんぞうし》の忘れ形見ではないかと思われている。未婚の母というのも世間体《せけんてい》はよくないことだが、それでも西脇家では、人に言えない素性《すじょう》の人間との結婚歴があるよりはましだとみなされた。

だけど、竹さんが来たこと、竹さんと自分が親しい様子だったことから、山下さんに気づかれてしまったのではないだろうか。

西脇家のお嬢様の渚が実はテキヤの娘であることを。

テキヤ――と意識した瞬間、記憶の奥に封印していた子供の頃の思い出が蘇《よみがえ》る。


――なんで、渚ちゃん、たこ焼き焼けるの？

――知らないの？　こいつの家、テキヤだから。

――テキヤって、暴力団なんでしょ？　ヤバくね？

――マジで？　知らなかった。


五年前に両親が離婚したときに、母を選んだのは、父のもとで、二度とあんな思いをしたくなかったからだ。

テキヤの娘ということで、数え切れないくらいいやな思いをした。週末はお祭りやイベントの出店で忙しく、家庭を顧《かえり》みない父と一緒にいて、幸せになれるとは思えなかった。

その決心に迷いはない。だけど——。

「渚お嬢さん」

竹さんの声で、渚はわれに返る。

「葬儀ですけど、お嬢さんの意見を聞く前に、こっちで勝手に進めさせてもらいました。いつものように組合の人が取り仕切ってくれましたんで。その……おやじさんの意向で……」

おやじ、と言っても、血縁関係がある父親という意味ではない。テキヤ業界では、親方のことを、おやじ、と呼ぶ。父は親方のもとで働く若い衆であり、親方の命令は絶対だ。

「葬儀はやらず、直葬になります。火葬は明日の正午です。コロナが終息したら、招待状《ガテ》を送って会葬という運びになるかと」

久しぶりにガテという言葉を聞いた。ガテとは、テキヤ用語で手紙の省略語であり、逆に読んだものだ。

「わかった。葬儀はやらないんだね」

「コロナなので、人を集められないんです」

「ああ、そうか。そうだよね」

「コロナじゃなかったら、たくさんの人がお別れに来てくれると思うんですけどね。尊さん、皆に慕《した》われていたんで」

「慕われているっていってもテキヤの人たちにだけでしょ」

「違いますよ。尊さんを知る人は皆、です。あんなやさしい人はいなかったですよ。尊さんの人柄も、たこ焼きも、皆に愛されました」

そうだろうか――と思ったけれど、渚は口に出さなかった。

「竹さん、火葬場にはお母さんもくるの？」

「いえ、清子《さやこ》さんは離婚した身だから、元夫の葬儀は遠慮《えんりょ》すると」

「そっか」

渚は溜息をつく。そっけなさが母らしくもあった。もしかすると自分も、そうしたほうがよかったのかもしれない。父のもとに行かないという選択肢《し》もあった。

いや、離婚することで母は父と他人になれたけれど、渚は血縁者だ。

渚はルームミラーに映る竹さんに向かって言った。

「大恋愛の末に駆け落ちまでして結婚したってのに、お母さん、薄情なものだよね。離婚したときもあっさりしてたし」

「西脇家のご令嬢の元配偶者がテキヤだなんて、世間体がよくないんでしょう。清子さんが希望しても、家が許してくれないことだってあります。あ、渚お嬢さん、なにかかけましょうか」

沈黙が落ちると、渚に気を遣ったのか、竹さんがスマホをカーオーディオにつないだ。ひょーっと響く笛の音に、とんとっと、とんとっと、というゆるやかな太鼓《たいこ》の音に、軽やかな摺《す》り鉦《がね》。思わず気持ちが浮き立つような音楽。お祭りのお囃子《はやし》だ。

思いがけない音に、渚はルームミラー越しに竹さんの顔を見た。

「竹さん、普段からこんなの、聴いているの？」

「動画サイトで見つけたんですよ。なかなかいいですよね。子供たちが練習しているのが可愛《かわい》くて」

この印象的な祭り囃子の音には覚えがあった。

「七月十五日、十六日の逗子《ずし》の亀岡八幡宮《かめがおかはちまんぐう》の夏季例大祭」

「さすが渚お嬢さん、五年のブランクはあっても、スケジュールはしっかり把握《はあく》してますね」

「覚えているよ。お父さんにこき使われたから」

亀岡八幡宮のお祭りの見どころは神輿《みこし》のお渡りと人の多さ。境内《けいだい》とその周辺は屋台が軒《のき》を連ね、すれ違うのが困難なほど、人でごった返す。

神輿は、祭り囃子を演奏する山車《だし》を伴《ともな》い、無病息災《むびょうそくさい》を願って、商店街を練《ね》り歩く。

日本のお祭りは豊作祈願を基盤としている。神を褒《ほ》めたたえ、豊作を祈願し、恵みを感謝する。その神を褒めたたえる重要な手段が、神を囃す――お囃子という音楽である。

人が亡くなったというのに、お通夜《つや》に向かう娘は派手な和装で、音楽はお祭りのお囃子。不謹慎《ふきんしん》にもほどがある。そう思ったけれど、

「尊さんの追悼《ついとう》で」

そう言われると、これほど合っている曲はないように思えた。渚の記憶に残る父はしんみりした空気が嫌いで、誰よりもお祭りが好きで、人が好きで、いつも笑っていたから。

「今、コロナでお祭りは中止で自粛《じしゅく》ムードなんで、せめて音楽だけでも。渚さんもお祭りがなくて、残念でしょう」

「わたしが？」

「お友達からお祭りガールって呼ばれるくらい、お祭りが好きだったじゃないですか」

「そこまで好きじゃないよ」

「まただ。尊さんと一緒に各地のお祭りをまわっていたとき、尊さんとおそろいのTシャツを着て、はりきってたこ焼きを売る渚さんは可愛かったですよ」

「あの頃は、なにも知らなかったの」

そう、なにも知らなかった。世間も、まわりの人の目も。だからこそ、無邪気に笑っていられたのかもしれない。

「竹さん、火葬が終わったらすぐに帰るね。わたしはテキヤとは縁を切った人間だから」

「なに言っているんですか、伝説のたこ焼き職人の娘が。お嬢さん、そういう言い方をし

たら、尊さんが悲しみますよ。渚さんが戻ってくるのをずっと待っていたんですから」

　こんなときに、父の名を出してくるのはずるい。

「お嬢さん、約束したじゃないですか。大学を卒業したら戻ってくるって」

「竹さん、ごめん。悪いけど――わたしはもうテキヤと関わるつもりはないの」

「テキヤが嫌いですか？」

「テキヤの皆は嫌いじゃないよ」

「だったらどうして」

　渚は胸の奥から言葉を絞《しぼ》り出した。

「……やっと、人並みの幸せな生活が送れそうなの」


　ドラマや漫画でよく見る、身分違いの恋愛。

　貴族と平民、館主と召使い、富裕層と貧民など、身分や階級の違いを障害とする物語は多い。渚の両親もそうだった。

　由緒《ゆいしょ》正しい家柄のお嬢様と、たこ焼きを売るテキヤの男性。

　普通に生活していれば会うべくもない二人は、とあるお祭りで出会った。そこで何があったのか、渚は詳細を知らないが、二人は恋に落ち、駆け落ち同然で結婚し、娘の渚が生まれた。

ドラマ化されてもおかしくないくらい、ロマンティックな恋愛をした二人の幸せな生活は長くは続かなかった。いくらお互いに想い合っていても、恋愛と結婚は別だった。

浮世離れした母にはテキヤの妻としての適性はなく、浮き沈みの激しい慌ただしい生活についていけず、精神と肉体を消耗《しょうもう》した。

身内から結婚を猛反対された理由——父の職業であるテキヤを深く知らなかったことを、母はあとになって深く後悔《こうかい》したとも聞かされた。

渚が小学校に上がった頃から、両親は別居をはじめ、年に数えるほどしか会わなくなった。

職業に貴賤《きせん》がないというのはただの理想であり、いつの時代になっても、どこにでも、賤業は存在する。テキヤに囲まれて育った渚自身、ある程度の年齢に達するまで、一般の人のテキヤに対する視点を知らなかった。

それを知ったのは、渚が十二歳になったとき。とある私立の女学園中等部の入学が取り消しになったときだった。

その女学園の卒業生だった母は、渚にも同じ環境を経験させたかったそうなのだが、渚の父親の職業が望ましくないということで、一部の保護者から横やりが入ったらしい。

渚の父親が高校中退の中卒という学歴であることもよくなかった。

学歴がなくとも、おのれの才覚だけで、中流家庭以上の収入を稼《かせ》ぎ出しているとか、皆に慕われる人柄とか、お祭りでは父のたこ焼きを求めて大行列ができるといったことは、まったく考慮されなかった。

世間とはそういうものであることを、渚は思い知った。第二志望の女子中に入ったときも、父親の職業は、渚にとって障害でしかなかった。

一般人は、テキヤとヤクザの区別がつかない。

あらぬ噂《うわさ》を立てられ、後ろ指をさされることもあった。

どうしてテキヤの父と結婚したのか——その不運を嘆《なげ》き、母を詰《なじ》ったこともあった。

生きていく上で、テキヤの娘であるという肩書きは重かった。だからこそ、五年前、両親が正式に離婚する際に、それを捨てることにした。

以来、父とは会っていない。

ＬＩＮＥで近況報告をすることはあったけれど、電話で話すことはなかった。父から連絡がくることも。

——渚さんが戻ってくるのをずっと待っていたんですから。

渚はスマホの画面を閉じ、溜息をつく。

最後に父と言葉を交わしたのはいつだっただろう。そのとき、自分は父に対してなにを言っただろう。ひどいことを、言ったのではなかっただろうか。


「着きましたよ」

竹さんの声で、渚は車をおりる。

外に出ると、むっとした湿気に包まれた。あたり一面、はやくも蟬《せみ》が鳴いている。

横浜といえば、洗練された都会のイメージが強いが、渚が生まれ育った金沢区は、自然が豊かで、カブトムシが捕れる山もあれば、海水浴場もある。金沢区の中でも八景《はっけい》は、江戸時代には歌川広重《うたがわひろしげ》の浮世絵にも描かれ、景勝地《けいしょうち》として知られた。

渚が住んでいたのは、京急金沢文庫《けいきゅうかなざわぶんこ》駅と金沢八景駅の中間地点の、西側エリア。その傾斜のある坂の上の閑静《かんせい》な住宅街にひっそりと佇《たたず》む築六十年の三階建てのアパート。この一階と二階が渚がかつて父と暮らしていた家だ。

父は若い頃、この辺一帯をなわばり《庭場》にしているテキヤの親方に拾われ、たこ焼きの店を任された。その後、結婚を機に、親方が所有していたアパート一棟を買った。買ったといっても、アパートの一階は商品《ネタ》や食材の倉庫であり、三階にはわけありなテキヤの人や、テキヤのアルバイトの人たちが暮らしていたので、父はいわば寮の管理人を親方から任されたようなものだった。

実家に戻るのは五年ぶり。まさか、こんな形で戻ることになるとは思わなかった。

この家に戻っても、元気だったときの父はいない――そう思うと、体がすくんだ。

「渚お嬢さん」

竹さんに促され、渚は一階の部屋のドアノブに手をかける。その瞬間、右手の薬指の指輪が目に入った。この家に入るにはあまりにも似つかわしくないもので――渚は指輪を指からはずし、ドアノブを回した。

鍵《かぎ》はかかっていなかった。

扉を開けた瞬間、その家にこめられた長年の時間を圧縮したようなにおいが押し寄せてくる。ああ、実家のにおいってこういうのだった。そうしみじみと思うということは、それだけ長く、この家を離れていたということだ。

父の同業者に喫煙者《きつえんしゃ》が多かったから、壁にはタバコのにおいがしみついている。それから、動物を飼っている家特有の、独特のにおい。

父は動物が好きで、捨て犬や捨て猫がいれば、拾って帰ってきて、里親さがしに精を出した。一緒に生活するうちに情がうつって、うちの子になった猫もいる。

猫たちはアパートの一階から三階まで自由に動きまわり、建物内は完全無法地帯だった。

何匹かは今も家にいるのだろうけれど、警戒心が強いから、なかなか渚のところまで出てこない。

　玄関脇の部屋は倉庫として使っていたため、物が多く、足の踏み場がない。仕入れた商品《ネタ》のダンボール箱がそこかしこに積み重なっている。ほこりをかぶっているところを見ると、ずいぶん長く、お祭りやイベントが行われていなかったことがわかる。

　廊下《ろうか》の壁に飾られているのは、これまで父が行ったお祭りの写真だ。

「大多幸《おおたこ》」ののれんが掲げられた、たこ焼きの屋台。黒い鉢巻《はちま》きを頭にした父がたこ焼きを焼いている。黒いTシャツからのびた腕は、昔から日焼けしていた。


　――いらっしゃい。どうぞ。熱々のできたてですよ。食べると元気になるよ。


　写真の中から、父の声が聞こえてくるかのようだった。

　それぞれの写真を留めるハート型のピンは、その昔、渚の母が選んだもの。

　色あせているけれど、両親の結婚写真に、若いときの母が渚を抱いている写真。

　渚は別の写真に視線を移す。

　各地のお祭り――お花見に、花火大会。山下さんが話題に出した、久里浜《くりはま》の花火大会の写真もある。常連のお客さんが撮ってくれた写真。新聞で特集されたときの切り抜き。同業者たちで行った慰安旅行の写真。

渚が知っている写真もあれば、渚が家を出ていった後に、撮られたものもある。

廊下を通り抜けると、そこは渚が五年前まで使っていた部屋だ。

四畳《じょう》の小さな和室に、近所の人に譲《ゆず》ってもらった勉強机がそっくり残されている。

小学生のときに、お祭りの絵を描いてもらった賞状。テキヤの人たちと一緒にタコを釣りにいったときにもらった釣り竿《ざお》。殺風景《さっぷうけい》な部屋を少しでも女の子らしく模様替えしたくて、自分で縫《ぬ》ってみたけれど、うまく作れなかった水玉模様のカーテン。お小遣いをためて買った小物や文具品。

五年前に家を出たときとそっくり同じ。まるでタイムマシンで戻ってきたような――そのときの時間がそっくり残っている。

自分が出ていった後、父はこの部屋に手を入れなかった。そのことに、胸がしぼられる。

廊下に貼られた写真の中に、十年前の自分がいた。

父と同じような日焼けした顔で、青のりがついた白い歯を見せ、笑っていた。

――大人になったら、テキヤになる。お父さんみたいなたこ焼き職人になる。

子供の頃、確かにそう言っていた。そのときはそれが本心だった。

もっとも、当時はほかに職業があることを知らなかったし、そう言うと、父が喜ぶから

――という打算的なものもあった。

一番奥の六畳の和室が父の部屋。父の遺体はそこに安置されているという。

「あの……渚お嬢さん、驚かないでくださいね。その……」

竹さんはふすまを開けるのを躊躇《ちゅうちょ》して言った。

「大丈夫だよ。取り乱したりはしない」

「そうじゃなくて。ご家族が増えているんです」

「家族？　ああ、お父さん、またなんか動物、拾ってきたの？」

「その、動物だけじゃなくて……。まあ、見てもらったほうが早いかと」

開かれたふすまの先を見て、渚は目を見開いた。

父の部屋にはいつも動物がいたから、布団の上に安置された父の遺体のまわりに猫が三匹、犬が一匹、インコが二羽いたことには、驚きはしなかった。

ただ、そこに新顔があった。動物に囲まれるようにして、父の遺体の前に座る、少年だ。高校生くらいだろうか。背は高いが、華奢《きゃしゃ》で、顔つきが幼い。「大多幸」のロゴが入ったTシャツを着ているということは、アルバイトで雇った子だろうか。

その子は、泣きはらした目を渚に向けると、立ち上がり、場所を譲った。

「すみません。出迎えもせず。初めまして。自分は……」

そう言うと、少年は顔をくしゃくしゃにした。

「このたびはどうもご愁傷様《しゅうしょうさま》で。すみません。自分がついていながら、こんなことに……」

最後まで言い切る前に、少年はわっと泣き伏した。

「この子は？」

いつまでたっても名前が聞けそうにないので、渚は竹さんに訊いた。

「静流《しずる》、十八歳です。二年前から住み込みで、たこ焼き修業をしています」

「ああ、そういうこと」

竹さんが思わせぶりなことを言うから、父の隠し子でも見つかったのかと思った。

「すみません。尊さんには実の息子のようにかわいがってもらっていたんで……。突然のことで……その……申し訳ありません。とまらなくて……」

静流はそう言うと、目をおさえ、ティッシュペーパーをとりに行った。

渚は北枕で眠る父の傍に座った。顔にかけられた白い布——打ち覆《おお》いをとる気にはならなかった。父は職業柄、どこでも寝られる人だったけれど、寝顔を見られるのはいやがったから。

葬式をテーマにしたドラマや、映画では、皆、身内が突然亡くなると号泣している。だけど、涙が出ないことってあるのだ。悲しくないわけではない。驚きすぎて、実感がわかなかった。父は頑丈なのだけが取り柄で、自分の中では、永遠に生き続けているような気がしていたから。

泣けなかったのは、目の前に激しく泣いている人がいたからでもある。人が泣いているのを見て、もらい泣きする人もいるのだろうけれど、渚は逆に引いてしまった。

「渚さん、すみません……。店を開ける準備をしていて、気づくのが遅かったから——間に合わなくて……。同じアパートに住んでいるのに……」

戻ってきた静流は、ティッシュペーパーの箱を抱いてしゃくりあげる。

今際《いまわ》の際《きわ》に渚が間に合わなかったことを、悔《く》いているようだった。その泣き方に人柄があらわれている。とても素直な子なのだろう。これだけ泣いてもらったら、父もさぞかし喜んでいるに違いない。

渚は静流に訊いた。

「たこ焼き、焼いているの？」

「はい。尊さんのようなたこ焼き職人になりたいんです」

「そう」

自分も、十年前、同じようなことを言っていた。自分の意志でテキヤと縁を切ったはずなのに、胸がちくりと痛んだ。このときの感情は、きっと誰にもわかってもらえないだろう。哀しさよりもさびしさが増した。

父は、自分のかわりを見つけたのだと思った。

＊＊＊

火葬は淡々と終わった。

渚が喪主《もしゅ》として、点火スイッチを押すことになるとは思わなかった。

ただすべては機械的で、あっという間だった。

父の遺骨は骨壺《こつつぼ》におさめられ、自宅に戻ってきた。納骨は四十九日の法要後と決まった。

その模様を母にメールで報告する。

「あの、渚さん。お弁当買ってきたんで、置いておきますね」

静流がコンビニの袋を部屋のすみに置いた。お弁当だけではなく、サンドイッチ、栄養ドリンク、スポーツドリンク、デザートまで入っている。

かいがいしく動き、気が利《き》く子だ。

「あ、ありがとう。払うよ」

「とんでもないです。あの、渚さんはお仕事とかは？」

「コロナで失職中」

それと同時に婚活中――であるのだけど。

「この時期、どこも大変なんですね。でしたら、泊まっていかれますか？　後で布団を部屋に運んでおきます」

「そうする。帰ろうかと思ったけど、お父さんの遺品整理もしないといけないだろうし、役所に行かないといけないし、ここでやること一杯あるから」

「そのときは自分も手伝いますよ」と言ったまま、静流は渚の部屋に残る。

誰かと話したいのだろうな、と渚は察した。こういうときは一人でいたくない。その気持ちは痛いほどよくわかった。

渚がサンドイッチの包みを開けると、「自分も一緒に食べていいですか?」とことわりを入れ、静流も自分用に買ったおにぎりを頰張《ほおば》りはじめた。

彼がいると猫たちが部屋に集まってくる。まるで動物のボスのような子だと渚は思った。

「自分がついていながら——すみません」

「もういいよ。きみは関係ないでしょ」

渚はサンドイッチを口に入れる。こういうものを食べるのは久しぶりだった。母の家にいると、やたら美容と健康に気をつかった食事をとらされるから。

ああ、楽だな——と思った。母の家と違って、足を投げ出して座っていても、お小言《こごと》をいう人はいない。

なんだかんだで、この父のアパートは渚の実家だ。雑然とした場所も、空気も、ふしぎと居心地がいい。そう感じてはいけないから、はやく母の家に戻らないといけないのだけれど。

「静流……だったよね。呼び捨てでいい？」

「はい」

「お父さん、過労がたたったって聞いたけど、今年はお祭りとかのイベントは全部中止だったんでしょう？　むしろ、やることなくて暇だったんじゃないの？」

「いえ、だからこそ、尊さんは無理をしたんです。イベント誘致で、組合の人と一緒になってあちこちかけずりまわって……。お祭りが中止だからこそ、出費がかさみますし」

「ああ、そうか。そうだったね」

たこ焼き職人だからといって、いつもたこ焼きを出店するわけではない。

そのお祭りやイベントによっては、たこ焼きの店を出せないこともあるし、他の親方のところがたこ焼きの店を出すときは、競合《ネタ》しないために控えることもある。

そういう場合は、たこ焼き以外の商品を売る。

うちで扱っているテキヤの商品は、だいたい年末から年明けにかけて中国の卸市場《おろしいちば》で注文する。来年以降のものはキャンセルできても、昨年注文してしまった商品に関しては、キャンセルはできず、どんどん送られてくる。それに伴《ともな》って支払い請求もくる。

一度でもお祭りがあれば、黒字に転じることができたのだろうけれど、お祭りがなければ、赤字がかさんでいく。そのときの精神的ストレスは容易に想像がついた。

その苦労は、はたで見ていた静流も目《ま》の当たりにしたことだろう。

「静流はテキヤのところに転がり込んで、大丈夫なの？　親御さんは心配したでしょう？　テキヤのことを暴力団っていう人もいるし」

「ああ、でも、テキヤとヤクザは違いますよね。テキヤは商人じゃないですか」

きっぱりと静流は言った。

静流が言うとおり、テキヤというのは、屋台を出す露天商《ろてんしょう》のこと。お祭りや縁日などで金魚すくい、水風船つり、射的、輪投げ、うちわ、提灯《ちょうちん》、おめん、景品当て、じゃがバター、綿菓子などを売っている人たちがテキヤで、いわばお祭りなどの年中行事を盛り上げる役割を担《にな》う。

寺社の参道、境内《けいだい》で商売をすることも多く、日本古来の伝統的な生業《なりわい》だ。

ヤクザとは使う用語も違う。例えば、縄張りのことをヤクザは島《しま》というが、テキヤは庭《にわ》という。

「でも、実際、ヤクザと同一視している人は多いよね。西日本ではヤクザがテキヤをしきることがあるって聞くし」

「神奈川県内は違いますよ。うちは組合に入っているじゃないですか。組合に入れているってことは、すなわち暴力団じゃないってことです」

静流は理路整然と答える。父の受け売りなのだろう。

確かに、うちは神奈川イベント商業協同組合に入っている。この組合は、警察のすすめで設置され、非暴力団を掲げている。暴力団組織の名簿は、基本、警察が把握《はあく》しており、その名簿に該当《がいとう》する人間は、神奈川県内では組合に入ることもできないし、店を出すこともできない。

「そういうの、一般の人は知らないから」

「誤解されるのって困りますよね」

「困るよ。どれだけ苦労したか」

だから渚はテキヤから離れたいと思った。

いずれ静流もそう思うときが来るに違いない。十代で若い彼なら、すぐに仕事は見つかるだろう。テキヤにこだわる必要もない。

苦労話を聞かせて、彼に転職をすすめようとしたときだった。

「ま、言いたい人には言わせておけばいいじゃないですか」

そう言って、静流は渚の話を遮《さえぎ》った。

「テキヤで何が悪いんですか？　人を肩書きや職業で差別するような人間なんて、こっちから願い下げですよ」

渚は顔を上げ、静流の顔を見た。思いがけない言葉だった。見た目はひ弱そうなのに、思った以上にしっかりしている。渚はふっと顔をそらす。

助言というていで、愚痴《ぐち》をこぼそうとした自分が、思わず恥ずかしくなった。

「あ、猫の餌《えさ》をやらないと」

静流は立ち上がると、一礼して部屋を出た。

その静流と入れ違いで、竹さんが部屋に入ってくる。

「お嬢さん、今、いいですか?」

そう言ってかがむと、廊下《ろうか》にいる静流に聞こえないように、声を落とした。

「こんなときにこんなことを訊くのもアレなんですが、おやじさんに報告しないといけないんで。この先、このアパート、どうされます」

「どうするって」

「名義変更すればお嬢さんのものになります」

「相続税とかかかるんでしょ?」

「くわしいことは税理士の先生に聞かないといけないんですが」

渚はしばし考える。

「ここには住まない……と思う。都内に家があるし。お父さんの供養《くよう》のために残しておきたいけど、わたしの生活はここじゃないし。もらったとしても、納骨が終わったら、すぐに売るんじゃないかな」

その話は、母とメールのやりとりをしたときに出てきた。

「そうですか。それは——困りましたね」

「なにか問題があるの？」

「いや、このアパートに住んでいる人間がなんというか」

「静流のこと？」

「いや、静流以外にもいるんです。二人」

「二人？」

渚は目を瞬かせる。

「二階に住んでいる天国《あまくに》と鬼束《おにづか》です。コロナを警戒して渚さんへの挨拶《あいさつ》を控えているのかもしれないんですが」

「静流と同じような、住み込みのバイト？」

「はい。最初はそうだったんですけど、最終的に転がり込んできたといいますか。結構長く住んでいる人たちなんです」

「このアパート、住宅登記だったよね」

「そうです。賃貸ではないですし、尊さんはああいう人ですから、三人から一円も家賃とってないと思います」

「ただで何年も住まわせていたっていうこと？」

「はい。賄《まかな》いつきで」

渚は遺影の父の顔を見る。

父らしいといえば、父らしいのだけれど、人の好さにもほどがある。

父は、困っている人がいると放っておけない性格だった。だからこそ動物を拾ってくるし、人も拾ってくる。だけど三人の食事の面倒まで見ていたとなると、どれだけの出費があったのだろう。

「渚お嬢さん、このご時世で、出ていくにも出ていけなくなったんですよ。三人ともわけありで、保証人もいませんし、仕事がなくて、困っているんです」

「わたしがお父さんにかわって三人の面倒を見ろっていうの？　そんなの無茶だよ」

「それはわかっています。せめて一カ月くらいは退去を待ってやってあげてくれないですかね。あと、できれば仕事を紹介してあげてほしいんです。西脇家のコネとか使えないでしょうか」

助けられるものなら助けてあげたいけれど、裕福な家庭で生活しているからといって、渚に財力があるわけでもない。西脇家に厄介《やっかい》になっているだけで、なんの力もない。仕事はこっちが紹介してほしいくらいだ。

父なら、なにを頼まれてもわかった――で引き受けてしまうのだろうけれど、なにもかも安請け合いするわけにはいかない。

「竹さん、おやじさんにはもう相談したの？」

「自分が言うより、渚さんから直接話をつけたほうがいいと思いますんで」

渚は大きく息を吐く。

父はいつも、厄介事を抱え込む。父のせいで迷惑をかけられるのはいつも家族。それは最後までかわらなかった。

「わかった。西脇家に相談するのは難しいけど、静流のことを含めて、一度、おやじさんのところに挨拶に行ってみるよ」

「そうですね。よろしくお願いします」

竹さんはほっとした表情を見せると、頭を下げた。

「そんなにかしこまらなくてもいいよ」

「いいえ、やっぱり尊さんのお嬢さんですし……。約束通り、戻ってきてくださってうれしいです。昔と同様、若いのに頼りになります」

「戻るつもりはないよ。五年前と決心はかわらない。用がすんだら、すぐに引き上げる。会いたくない人もいるし」

「会いたくない人……ですか？」

竹さんは怪訝《けげん》そうな顔を渚に向ける。昨日今日と、なにかと失言が多い。

渚は竹さんに笑顔をつくる。

「今のは聞かなかったことにして」

＊＊＊

天然木《てんねんぼく》に達筆が躍る「大多古」の表札。

渚の父親のたこ焼きの店名の「大多幸」はここから来ている。

親方の屋敷の重厚な門構えを見て、渚は大きく息を吐いた。

父の家には着る服がなかったので、昨日と同じ和装姿。着付けはひととおり習ったけれど、着崩れしていないか、鏡で確認しないと落ち着かない。髪はうっとうしくない程度に、後頭部でまとめた。

五年ぶりの親方との対面――。昔、かわいがってもらっただけに、気が重かった。

日本古来、テキヤ業界は明確な縦社会だ。トップに君臨するのが親方。その下に、親方のもとで働く若い衆と呼ばれる人たちがつく。

若い衆といっても、年齢は関係なく、高齢であっても若い衆と呼ばれる。親方に命じられた雑務をこなし、親方が持っている複数の店の一つを任され、商売をする。

親方直属の若い衆は皆、親方の家の近所に住んでいる。そこには昭和の伝統が今なお息づいていて、とにかく親方が言うことは絶対。親方の呼び出しとなれば、何をさしおいても駆けつけなければならない。

　実際、この日も親方に呼び出された屋敷の庭園では若い衆たちが庭の手入れに精を出していた。テキヤの人たちはこわもての人が多い。黒いマスクをつけているとなおさら。だが、幼い頃から顔見知りの渚からすると、皆、気のいいおじさんたちだ。

「おっ、渚ちゃんじゃないか」

「……見違えたな。誰かと思ったよ」

　芝刈り機の音がやみ、蟬《せみ》の声が聞こえ出した。

「ご無沙汰《ぶさた》いたしております」

　渚は深々と頭を下げる。

「五年も経つと、やっぱり女の子は成長するね」

「すっかりきれいになったなあ。昔は髪振りみだして、飛びまわっていたのに。そうしていると、清子さんを思い出すね」

　若いときの母は清楚《せいそ》で美しく、憧れる男性も多かったという。

「元気でやっているかい」

「はい、おかげさまで」

　若い衆たちが沈痛な顔で渚に歩み寄った。

「尊さんのことは大変だったね」

「すまなかったね。ご近所の目があったから、手伝いにも行けなくて。人が集まりすぎると、うるさく言われるご時世だから。あとで焼香に寄らせてもらうよ」

「いえ、いいんです。おやじさんは？」

長引かないように話を遮《さえぎ》って、渚は訊いた。なつかしさの中にいると、テキヤ業界から抜け出せなくなってしまう。

「ああ、いるよ。ちょうど医者の往診が終わったところだ」

「どこかお悪いんですか？」

「まあ、気苦労がね」

親方は離れの和室で涼んでいるという。渚の訪問を若い衆の一人が親方に告げにいった。勝手知ったるで勝手口で待たせてもらおうとした矢先、古参の若い衆に呼び止められる。

「そういえば、瑛太《えいた》とは会ったかい？」

「瑛太……」

その名に、渚はどきりとする。

「覚えてないかな。近所に住んでいた、業務用スーパーKOYO《コーヨー》の社長の息子。ちょっと三白眼《さんぱくがん》の」

忘れるはずがない。幼馴染《おさななじ》みで、小学時代のクラスメートだ。食材の仕入れには、いつも彼の父親のスーパーを利用させてもらった。

「渚ちゃんがいなくなった後、少しうちでバイトしていたんだよ。ずっと渚ちゃんに会いたがっていた。謝りたいことがあるらしくて」

「謝ってもらうようなことなんてないですけど」

「本当に？　やけに気にしていたよ。自分のせいで、渚ちゃんがテキヤをやめるって言い出すんじゃないかって」

「違いますよ」

渚は笑顔をつくった。ここで彼の名前を聞くとは思わなかった。

父のところに戻ってくると、思い出したくない過去をどうしても思い出してしまう。親方と会う前に、気持ちをひきずられてはいけない。

テキヤをやめるのは瑛太のせいではない。自分で決めたことだ。

もう二度と、あんな思いはしたくない。父の名字の広瀬《ひろせ》渚から、母の旧姓の西脇渚になったときに決意した。新しい人生を生きる。

自分はもう別の道を歩みはじめた。戻るつもりはない。


離れの和室のふすまの前で渚は座礼する。

「おやじさん、長らくのご無沙汰、申し訳ありませんでした。コロナの時期におうかがいするのもご迷惑かと思いましたが、このまま扉越しで……」

「うちはそんなに狭くないよ。お入り」

ふすまの奥から聞き覚えのある声が返ってきた。記憶より、ややかすれている。

「はい。では、失礼いたします」

渚はふすまに手をかけ、中に入る。かつて懇意《こんい》にしていたとはいえ、やっぱり親方と対座するのは緊張した。齢《よわい》八十をこえている親方は、テキヤとはまた違う雰囲気《ふんいき》を醸《かも》し出す。堂々とした佇《たたず》まいに、武道袴《ぶどうばかま》の装《よそお》いは、古武道の師範代《しはんだい》のような印象を受ける。

「見違えたな、渚。何歳になった？」

「二十三です。おやじさん、このたびは過分なお香典《こうでん》をちょうだいいたしまして」

「そんなことを話しにきたんじゃないだろう。さっさと本題に入ろうか。戻ってきた――ってことは、テキヤをやる覚悟は決まったのか？」

親方は渚に座布団をすすめ、キセルに火をつけながら、先を促した。

五年前、親方のもとを去るときに、大学を卒業したらここに戻ってきて、テキヤになると皆の前で宣言した。それはもちろん親方に対する方便。約束を守るつもりはなかった。

仮に、父や皆が渚が戻るのを、ずっと待っていたとしても。

「おやじさん、父の生前は、ひとかたならぬお力添えにあずかり、そのご恩は深く感謝しております。ですが、父が亡くなったこともあり、うちはテキヤをやめるつもりです。それで、あのアパートを引き上げようと思っています」

「清子さんの意向か？」

「母も、賛成してくれています」

「竹から聞いたよ。縁談がきているそうじゃないか」

「えっ？」

親方は渚の顔を見ずに言った。

「相手は山下豊《ゆたか》。大企業の御曹司《おんぞうし》か」

「どうしてそれを……」

「ちょっと調べればわかることだよ。なるほどな、縁談があるのなら、テキヤとつながりがあるのはまずいってことか。小さい頃は結婚なんかしない、テキヤになるって言ってたのにな」

忘れていた。若い衆を通じて、あらゆる情報は親方に筒抜《つつぬ》けなのだった。

「渚、お前なら尊のあとをついで、立派なたこ焼きの店を出せるだろうに」

「もったいないお言葉です。おやじさんにお世話になった身で、こんなことを言いだせる立場じゃないのはわかっています。でも正直、このご時世――」

「テキヤはやっていけないか」

「はい」

コロナ禍《か》でテキヤ業界も大不況だ。だからこそ、テキヤを抜ける一番の口実になると思った。

「で、うちに住んでいる静流はじめ、三人をおやじさん預かりにしていただきたいんです」

「あの三人か……」

苦々しそうに呟《つぶや》くと、親方はしばし沈黙し、話題をかえた。

「今月に入って、うちでも何人かやめていった」

口から大きな煙を吐くと、親方はもったいぶったように言った。

「コロナ以降、今年の上半期の高市《たかまち》はすべて中止になったのは聞いたかい？」

「はい」

高市というのは、テキヤ用語でお祭りのこと。

「こんな未曾有《みぞう》の事態は初めてだ。五十年以上テキヤをやってきたうちの年寄り連中も経験したことがない。生き延びるために必死だ。なにせ上半期の売り上げはゼロ。高市やイベントの予定はすべて白紙。十一月の酉《とり》の市《いち》が中止になったら、正直、お手上げ状態だ。親方の中には組合費すら、払えない人間も出てきている。うちにしても同じことだ。自分のところの若い衆が困っていても、助ける資金もない」

若い衆の中には、日雇いのアルバイトをはじめるものも増えたという。大変な状況であるのは、どこも同じだ。

「そこで——だ」

親方は渚の目を見る。

「お前がテキヤになる、ならないは別として、まずは尊の借金を返してもらわなければ困る」

「借金……ですか？」

渚は顔を上げる。父に負債《ふさい》があるという話は聞いていなかった。いや、人の好い父のこと、誰かを助けるために親方に借金をした可能性はあった。

「知らなかったのか？」

「はい」

「無理もないな。尊もお前と清子さんに迷惑はかけたくなかったんだろう」

そう言うと、親方は数枚の紙を渚に手渡した。

「これは？」

「借用書と誓約書だよ」

親方は、たばこをくゆらせる。

「といってもたいした額じゃない。あらかた返済済みで、残りはほんの三百万だ」

「三……三百万？」

数字を見た途端、思わず、渚の口から素《す》っ頓《とん》きょうな声が出た。

社会に出て、自分で稼《かせ》ぐようになって、三百万がどれだけ大きい金額かを知った。渚が勤めていたパティスリーの初任給が二十万。稼ぐだけでも最低一年三カ月はかかる。

とはいえ、三百万がテキヤにとって高額かといったら、そうとも言い切れない。

お祭りの規模によっては、一日の売り上げは数十万。一カ月で百万円以上稼ぐこともあるからだ。父にしても、お祭り次第ですぐに返せると思って借りた額なのだろう。

春先から世界的に流行したコロナが、ここまで長引くなど、誰も予想していなかった。

「海外から商品《ネタ》を仕入れるのにまとまった金が必要ということで貸した。毎月二十万円ずつ返してもらっていたが、コロナ以降、返済が滞《とどこお》っていた。もっともこういう状況だから、ちゃらにしてやりたいのは山々だが、正直、さすがにこっちも苦しい。若い衆を食わせてやらねばならないからな」

「待ってください」

誓約書の文面を見て、渚は目を疑った。

「来月――七月十八日の寄り合いまでに、六月までの未払い分八十万とあわせて百万を用意できなかった場合は、アパート、家財道具、テキヤ道具一切を親方に譲《ゆず》るって……」

なんで父がこんな条件を呑《の》んだのか理解できなかった。親方から買い取ったアパートを親方に奪われるなど――。

親方は鷹揚《おうよう》に言った。

「渚、わしは尊に対して、相当優遇してやったつもりだ。尊が手がけるたこ焼きの店だけは、いかなる状況でも売り上げを保っていた。その尊を信頼したからこそ、四カ月以上滞納しても、文句もいわず、利子もつけず待ってやった。尊が生きていれば——もう少し待てたかもしれないが、いないとなると——悪いが、回収せざるをえない。お前がこの借金を放棄するというのなら、そのときは静流が肩代わりすることになる」

「なぜ静流が」

「二枚目の誓約書を見たかい？　万が一、尊になにかあった場合は、尊の店を継ぐ人間が負債を肩代わりする——と」

「そんな……。静流は関係ないじゃないですか」

「わしの知ったことではない。この誓約書に了承したのは、お前の父親だ。静流に借金を背負わせたくないのであれば、今すぐアパートを手放すか、三百万を用意するかの二択だな」

渚は唇をかむ。そうだった。

ここは甘い世界ではない。下についている間、親方は実の親以上にやさしく、なにくれとなく面倒をみてくれるが、ひとたび離れるとなると掌《てのひら》を返したかのような扱いになる。とりわけ親方への借金は厳しくとりたてられる。

だからこそ、テキヤを抜けられない人は多い。

無関係の静流に父の借金の肩代わりをさせるわけにはいかない。だが、三百万は高額だ。

すぐに用意できる金額ではない。

「渚、テキヤにはテキヤのやり方がある。払えないというのなら、明日にでもアパートから出て行ってもらおう」

「困ります。せめて四十九日の法要が終わるまでは……」

「だったら、来月十八日の月寄りまで待ってやる。四週間で百万きっちり用立てたら、立ち退きはひとまず勘弁してやろう。ま、清子さんに泣きつけば、百万くらい簡単だろう。なにせ西脇家のお嬢様なんだから」


西脇家のお嬢様――その言葉が皮肉であることくらい、鈍い渚にもわかった。

「あのくそおやじ……」

屋敷の外に出た途端、怒りがこみ上げてきて、思わず汚い言葉が口から出てしまった。いけない、いけない。お嬢様の化けの皮がはがれてしまう。

渚は手鏡を見て、口角を上げる。

そのお嬢様には実はなんの資産もない。大学を卒業するまでは衣食住に困らない生活を送らせてもらったが、自由になる小遣いをもらったことはない。

貯金はゼロに等しい。百万など簡単に用意できる額ではない。

好きに生きたいと言って、パティスリーに就職したものの、解雇され、社宅を追い出された後は、母の実家に戻って居候《いそうろう》の身だ。

家に戻る途中、銀行に寄った渚は、父の通帳の残高を見て大きな溜息をついた。

父の貯金も、見事にゼロ。口座が凍結されたらどうしようかという心配は、払拭《ふっしょく》された。

収入があるときは大きいが、支出が大きいのもテキヤだ。お祭りの前の仕入れは、ある意味ギャンブルに等しい。

「三百万の借金。来月までに百万……」

渚は青い空をあおぐ。母は絶対に貸してくれないだろう。

ということは、近々、アパートは手放すことになる。住んでいなかったアパート自体に未練はない。それは母も同様だろう。考え方を変えれば、親方に譲ったほうが面倒事が一気に解決できていいのかもしれない。

故人を悪く言うつもりはないけれど、山下さんとのことといい、借金といい、父はいつもタイミングが悪い。どうして、渚が幸せになろうとすると妨害するのだろう。

父と絡むと、どうして悪いことばかり起きるのだろう。

「渚さん、お帰りなさい。おやじさん、元気そうでした？」

アパートの裏の駐車場で屋台の組み立てを終えた静流はひとなつっこい笑顔を見せる。目は充血して赤い。親のように慕《した》っていた人が急逝《きゅうせい》したショックはそう簡単に癒《い》えるものではない。

そう思うと、自分はずいぶん冷たい人間のように感じた。これから静流に残酷《ざんこく》なことを言おうとしているのだから。

静流は生地を練《ね》り、たこ焼きを焼く準備をはじめていた。少し離れたところで猫たちがその様子を見守っている。

「もう店を開けてるの？」

「はい。昨日はお休みをいただいたんですけど、さすがに二日続けて休むわけにはいかないですし。榊《さかき》さんのところにたこ焼きを届けないといけないんです」

榊さんというのは、近隣のテキヤが借りている駐車場の大家だ。

七福神《しちふくじん》のようなふっくらとした笑顔が印象的で、渚自身、幼い頃から面識がある。

榊さんは父のたこ焼きのファンで、月に数回、お祭りまで出向いて、買いにきてくれた。年をとって足腰が悪くなってからは、父が榊さんの家までたこ焼きを配達していた。コロナ禍でお祭りがない時期でも、店を出せるよう（榊さんがたこ焼きが食べられるよう）、だだっ広い空き地となっている駐車場を提供してくれるようになったのだという。

道路上で営業を行う場合は、警察署で道路使用許可をとる必要があるが、私有地など、道路でない場所を使うなら、その心配はない。

「榊さん、もう八十くらいだよね。わたしが家を出る前に施設に入るっていう話をしていたけど」

「お元気ですよ。今は東京の娘さん夫妻が戻ってきて、自宅で介護されているんです。でも、配達に行っても、榊さん、自分のたこ焼きは食べてくれないんですよね」

「食べてもらえない？」

「認知症を患《わずら》ったそうで、暑さもあって食が落ちているって娘さんはおっしゃるんですけど、たぶん、自分のたこ焼きは認められていないんです。でも、毎日、家の外で待ってくれているんですよ。いつか榊さんが喜ぶたこ焼きが作りたいんですけどね」

そう言って、静流は微笑《ほほえ》んだ。

「常連のお客さんは榊さんだけ？」

「ほかにも二、三人います。だから尊さんはなにがあっても、絶対店を閉めるなって言ってたんです。そのお客さんのためにたこ焼きを焼けって」

父らしい言葉だけれど、商売はボランティアではない。その数人のために店を開けていたのでは、潰れてしまう。

「自分が店に出ていても必ず来てくれるのはありがたいです。だから自分も――毎日、練習して、いずれ尊さんみたいなたこ焼きを焼くのが夢なんです」

静流のきらきらした目はまぶしい。けれど、その手つきはかなりもたもたしている。

卵の片手割りは慎重すぎるし、生地を練るにしても、泡立《あわだ》て器の使い方がなっていない。そのくらいのことは、五年のブランクがある渚でもわかる。物心ついたときから、ずっと父の傍で、見てきたから。

「静流、二年うちで働いているって言ったよね」

「はい」

「自分で焼いたたこ焼きを売りはじめてどれくらい？」

「えーと、二カ月です」

「二カ月？　二年も働いていて？」

たこ焼きは屋台の商品の中でも技術を必要とするが、普通ははやい人だと三カ月、遅くても半年も経てば、お客に出せるたこ焼きが焼けるようになる。

静流は恥ずかしそうに笑った。

「あの……自分、めちゃくちゃ不器用で、長い間お金とりしかやらせてもらえなかったんです。たぶん、人より呑《の》み込みが遅いんです。屋台の設営も時間がかかってしまって、親方──あ、おやじさんにも怒鳴られっぱなしでしたし。お祭りのときは、たこ焼きは尊さん一人でできるので、別の商品《ネタ》をまかされていました。鶏皮焼きとか、チョコバナナとか、あとは子供用のチャモとか」

チャモというのはおもちゃ——玩具のことだ。

「なるほどね」

親方は所有している複数の出店を若い衆に任せ、売り上げを得る。大きなお祭りやイベントのときは、バイトを雇うことも多いが、実際に調理を担当するのは、主に熟練のテキヤだ。一人でも多くお客をさばけないと売り上げが上がらない。スピード勝負になるからだ。

「あっ、キャベツの後、長ネギを入れ忘れました」

静流ははっとしたように飛び上がる。

「いいよ。それくらい誰も気にしないよ」

「でも……尊さんのたこ焼きには入っていたので」

静流はあたふたとアパートの外に設置している業務用冷蔵庫に走っていった。

渚は鉄板の上を見る。今、焼いているたこ焼きは、静流の昼食になるのだろう。手際《てぎわ》は悪いけれど、伝説の職人である父が見込んだ子だ。一人で店に立っているのだから、相当おいしいたこ焼きを作れるのかもしれない。

渚はスマホを確認する。母から返信がきていた。

心を鬼にしないといけない。

「静流、ちょっと、話いい？」

「来月十八日までにおやじさんに百万を返済しないと、アパートをとりあげられるんですか」

渚からことの顚末《てんまつ》を聞いた静流は大声をあげた。

その声に、塀《へい》の上の猫たちがびくりと反応する。

「そうなの。母と相談したんだけど、やっぱり手っ取り早いのはおやじさんに譲《ゆず》ることだと思うの。維持費だけかかる家を置いておくわけにいかないし、売るとなってもこのご時世、なかなか売れないだろうし」

「それは……困ります。自分、ほかに行くところがないんです」

「わかっているよ。でも、お父さんが亡くなった今、わたしたちはこの家を維持する必要もないの。正直、今すぐにでも手放したほうがいいと思っている。このままだと静流に借金を負わせることになるし――それだけはやりたくないの」

渚は親方とのやりとりをかいつまんで話した。

「わかりました」

静流はきりっとした顔を渚に向けた。

「自分のために考えてくださってありがとうございます。要するに来月までに百万作れば、このアパートに住めるってことですよね」

「え……と」

　予想外の返答に渚は口ごもる。

「アパートを手放すという話をしていたんだけど」

「わかってます。でもおやじさんに渡してしまったら、すぐに売ってしまうと思うんです。おやじさんからすると、ここに住んでいる人間のことは別にどうでもいいでしょうし……。そうしたら自分たちは住む場所を失ってしまいます。住む場所だけじゃなくて、尊さんの思い出も。自分は、尊さんがいたアパートに住みたいんです」

「そんなこと言ったって、百万円返すあてでもあるの？」

「それはないです。自分にできるのは、たこ焼きを焼くことだけなんで。でも、尊さんみたいなたこ焼きが焼けたら、お客さんが戻ってきてくれると思うんです」

　そう言うと、静流は目を輝かせた。

　渚は内心、大きな溜息をつく。前向きなのはいいことだけれど、この子は理想ばかり話していて、本当に現実が見えていない。

「四週間で百万円の売り上げは絶望的だよ」

「いえ、最初から諦めるのはよくないです。がんばれば絶対にうまくいくと思うんです。お祭りがあるときはそのくらいの売り上げは出せましたし」

「だからお祭りがない、集客ができない今だと無理だよ。それにこの借金を放棄しないと、静流が肩代わりすることになるんだよ」

「そのくらい大丈夫です。気合いでどうにかなります。イベントが完全になくなったわけでもないので」

静流は白い歯を見せて言った。

だめだ。この子は昔の自分よりはるかに世間知らずだ。

静流を見ていると、昔の自分を思い出す。世間を知らないからこそ、向こう見ずだった。たこ焼きで百万の純利益を出すには、八粒入り六百円のパックを、二千五百は売らないといけない。この数がどれほどのものなのか、静流はわかっていない。

お祭りやイベントがあれば――と考えるのは、テキヤの性《さが》だ。だが、都内の感染者が連日増えているときに、感染クラスターを出す可能性のあるイベントは開催されないだろう。開催されたとしても、規模を縮小するだろうから、売り上げにはつながらない。

大家の榊さんの厚意で場所を貸してもらえたのはありがたいけれど、坂道をのぼった住宅街の奥――鬱蒼《うっそう》と木々が生い茂る、だだっぴろい空き地の駐車場で毎日店を出しても、一日五十パックが関の山だ。

帳簿を見ると、土日や祝日などで一日百パック以上出るときもあったようだけれど、そういう日が連日続くわけではない。休日返上で四週間店を開けたとしても、千五百パックにも達さないのではないかと思う。

それから、多くのお客をさばくためにはたこ焼きを焼く手際も大事だ。ゆったりとした静流のペースでは大量の注文に間に合う気がしない。

「忙しくなったら、例の二人も手伝ってくれるから大丈夫です」

静流はアパートの二階のほうを見て言った。そこに住んでいるテキヤのアルバイト二人とは、渚はまだ会えていなかった。

「そう。でも――」

「大変なのはわかっています。でも、尊さんに笑っていたらどうにかなるって教わったんです。だから、このままやらせてもらえませんか？　道具はお借りしたままってことになるんですけど」

「負債は静流が抱えることになるけど、それでいいの？」

「はい、自分はほかに行くところがないので。ありがとうございます」

安請け合いするところは、父そっくりだ。笑っていたらどうにかなるって――そんなので世の中うまくまわるはずがない。母に話したら、一蹴《いっしゅう》されるだろう。

アパートは手放す方向でいよう――と、渚は思った。

気がすむまで、静流にやらせておけばいい。四週間後、いかに無謀《むぼう》なことをやろうとしたか、静流自身、気づくはずだ。

「ところで、今日は東京に戻られるんですか？」

静流は渚に訊いた。

「そう、着替えをとりにね。でも遺品整理があるから、また帰ってくるよ。ああ、そうそう、上の住人の、天国と鬼束っていう人のことを聞いておきたいんだけど」

アパートの今後のことを相談するにも、居留守を決め込んで、チャイムを鳴らしても出てこない。外出しているふしもない。

「わたしが住んでいたときはいなかったんだけど」

「自分より一年か二年前に、入居した人です。尊さんに拾われて、テキヤのバイトをしていたんですけど、おやじさんと折り合いが悪くて……」

「おやじさんと？」

「まあ、自分もなんですけど。気に入られていないと言いますか」

それで親方に三人の今後の話をもちかけたときに、はぐらかされたのだ。

「天国さんは社会人で、鬼束さんは学生なんですけど、二人ともテキヤの仕事がなくなって、ひきこもっているんです」

「ほかにバイトはしてないの？」

「さあ。したり、しなかったり……。でも、自分たち、コロナでもどうにかなってますよ。お腹がすいたら、たこ焼きの売れ残りを処理すればいいんで」

そう言って、静流は笑った。

渚は頭を抱える。要するに父のもとには、ろくでなししか集まらないということだった。

火葬の後も、雑用は山積みで、父が亡くなったことを哀しむ余裕もなかった。

お悔《く》やみの電話がひっきりなしにかかってくるので、その対応に追われる。父の最近の交友関係はほとんど知らないから、父と親しかった竹さんに確認しながらだ。

母にも、山下さんにもなかなか連絡とれない日が続いた。

コロナを警戒する時期でも、テキヤの人たちはかわるがわる焼香にきてくれた。

「お嬢さん、借金の件、聞きました。尊さんにはお世話になったので、お手伝いしたいのはやまやまなんですが」

「わかっている。おやじさんに止められているんでしょ」

「そうです。申し訳ない」

若い衆たちは仏壇《ぶつだん》の前で円座で話しあう。

父の生前も、父の前で皆は親方の愚痴《ぐち》を言い合っていた。

「こういうときは、助け合ったほうがいいと思うんですがね、おやじさんも頭固いから」

親方の言い分は当然のことだ。借金の返済をしないほうが悪いのだから、皆の助けは期待できない。もっとも、アパートを手放せばすむ話だから、皆の頭を悩ませるほどのことでもない。

「この時期をやりすごせば、お祭りが開催されるだろうから——なんてのんきなこと言ってますけど、正直厳しいですよね。テキヤをやめていく人がいても、とめられないですよ」

「そういえば、渚さん、知ってます？　咲良《さくら》のところが、商品《ネタ》をネットで宣伝しようとしたらしいんですよね」

「咲良が？」

咲良というのは、かつて親しくしていた同年代の子だ。同じくテキヤの家に育ち、年が近く、女同士ということで馬があった。

「ああ、この間、おやじさんに呼び出されたやつか」

若い衆の一人が腕組みし、ああ、とうなずいた。

「咲良の親戚《しんせき》が喫茶店やっているらしく、そこで焼きそばをテイクアウトできるようにしたそうなんですが、おやじさんの許可をとっていなかったらしくて、大目玉くらったんですよ」

「本人としては少しでも収入がほしくて、親孝行でやったたっていうところだと思うんですけど」

「そりゃ、咲良が悪いな」と、年配のテキヤがぴしゃりと言った。

「おやじが怒るのも無理はない」

「まったく何やってんだか」

親方との関係や、事前の交渉にもよるが、親方から預かった露店の売り上げは親方に渡さないといけない。商売をするには親方の許可が必要で、許可なくやった場合は、呼び出されて説教をくらうだけでなく、各方面にお詫《わ》び行脚《あんぎゃ》をしないといけなくなる。

「皆やりたくても我慢しているってのに」

「どうせまた、尊さんのアパートのところの二人が咲良を唆《そそのか》したんだろう?」

「うちのアパートの……ですか?」

渚は聞き返す。

「そう、天国と鬼束。あの二人ろくなことを考えない」

というのは、まだ渚が会っていない、引きこもりの二人だ。

「今の若い者は、ことを急ぎすぎる。思いついたらすぐに行動するのはいかにも浅はかだ。話し合いの大切さっていうのを知らない」

「周りのことも考えず、突っ走って、こっちはいい迷惑だ」

渚は皆の話を黙って聞いた。この業界は古い体質の会社そのもの。

なにかをやるときは、目上の人や年長者に十分話を通して理解を得て、根回しすることが必要――そういうのは渚が店の手伝いをしているときから言われてきたことだ。しかし、そのやり方は、インターネットもなく、電話一本でことが足りた時代のもので、若い世代の渚からすると違和感がある。皆、迷惑だと罵《ののし》るばかりで、解決策が一向に出てこないのも不思議でたまらなかった。

咲良の家の事情はわからないが、皆に根回しをする時間もないほど、切羽詰《せっぱつ》まっていたのではないだろうか。

「で、渚ちゃんの頼みっていうのは？」

借金以外のことなら、なんでも聞くよというスタンスで、皆は渚の顔を見た。

「うちにいる静流と二人をどなたかに任せたいんです」

「いや、それはなあ」

皆はお互いの顔を見た。

「天国と鬼束は無理だな。おやじさんの目もあるし」

「渚ちゃんがまとめて面倒を見てくれるっていうのが、一番助かるんだけど」

「わたしはテキヤはやらないんです」

「マジか。もったいないよ」

皆に止められたけれど、決意したことだ。

「しかし静流、自分で焼いたたこ焼きで借金を返すつもりなのか」

「まあ、無理だろうな」

渚から静流の覚悟を聞いた皆は、嘲《あざけ》るように笑った。

「あの尊さんが拾ってきたってことは、見どころがあるんだと思っていたんだけど、あいつ、まるっきりテキヤに向いていないんだよな」

「真面目《まじめ》なんだけど、要領が悪いというか」

「シャイなところがあるから、人前で声出せないし、一度に二つのことができないし」

テキヤの皆からの静流の評判はやけに悪かった。

それを聞いて渚はほっとする。その瞬間、ああ、自分はいやな人間だな、と思う。父が目をかけた子がいると知って、心が騒いだけれど、その子が自分より劣っていることを知ってどこかで喜んでいる。

もう、テキヤとは関係ないはずなのに――まだ、テキヤ時代の自分が顔を出す。

「いや、静流はがんばってますよ」と、末席の竹さんが口をはさむ。

「がんばったって、あいつの腕ではどう考えても無理だろう」

「売れるはずないって。材料費が無駄になるだけだ。現に渚ちゃんを困らせているじゃないか」

「わたしは――」

言いかけようとしたけれど、若輩者《じゃくはいもの》の自分の話はすぐに遮《さえぎ》られる。

昔から抱いていた疎外感はかわらない。皆、好き勝手に話し合うけれど、そこに若輩の口出しは認めない雰囲気《ふんいき》がただよっている。この風通しの悪さは、テキヤに限らず、どこにでもあるものなのかもしれないけれど、意欲をがっつり奪われる。

──売れるはずないって。

──若いものには無理。

──言われたとおりやればいいんだ。

あれはいつだっただろう。

新しいメニューを考案したとき、親方にも父にも同じことを言われた。

今のようにタピオカドリンクが流行《はや》る前のこと。台湾スイーツが流行し、タピオカミルクティーやマンゴーかき氷のお店が日本に初上陸した。数時間の行列待ちというニュースを見たとき、いちはやく取り入れようと思い、親方や上の人たちに直訴《じきそ》した。

当時、女子高生だった渚は誰よりも流行に敏感だった。

B－1グランプリで優勝した歴代料理や、ご当地グルメを扱ってはどうかとも提案した。だけど、そんな流行は一過性だからと皆から冷たくあしらわれた。流行が一過性なのはわかる。でも、一度やってみるのも悪いことではないと思った。インスタ映えを求める世代と年齢が近い自分がいいと思ったものは、売れると確信した。

その年、ほかの親方のところの店で出していた台湾スイーツや、B－1グランプリで優勝した甲府鳥《こうふとり》もつ煮《に》が馬鹿売れしているのを見て、苦々しく思った。そのお祭りで、うちの商品の売れ行きがよくなかったから、なおさらだった。

それでもうちはうち、よそはよそ、で、渚の意見が採用されることはなかった。

商品の提案だけではない。仕事の改善案にしてもそうだ。

バイトに対して、もう少しやさしく接したほうがいいのではないか。頭ごなしに怒鳴らなくてもいいのではないか。スケジュール管理はアプリを使ったほうがいいのではないか。女性従業員の拘束《こうそく》時間を考慮《こうりよ》したほうがいいのではないか。

数えきれないほど、親方や目上の人たちに訴えた。でも答えはいつも同じだった。

――そんなくだらないことで頭を悩ませている暇があったら、たこ焼きを焼け。

――渚、目新しいものはいらないんだよ。尊のようなたこ焼きを焼けばいいんだ。そうしたら売れる。

求められているのはそれだけだった。

テキヤの皆が話しているのを聞きながら、渚は大きく溜息をつく。ここに戻ると、記憶の奥に追いやっていた、いやなことを思い出す。

竹さんが皆の前に進み出た。

「静流はあいつなりに、尊さんみたいなたこ焼き職人になりたいと思っているんですよ。ひとまず一カ月、気がすむまでやらせてやればいいじゃないですか」

竹さんの説得を聞いても、皆はいい顔をしなかった。

「どうせものにはならないだろう」

「そのうち逃げ出すんじゃないのか。どれだけ仕込んでも、若いやつはすぐに逃げ出すから」

誰とは言われなかったが、若いやつは――の中には、渚も入っているのだろう。

自分はなにを言われても平気だ。

逃げることが悪いこととは思わない。単に生活する場所をかえただけのことだ。

でも、皆がテキヤから離れようとしているときに、残ろうと思っている静流は、もう少し、評価されてもいいのではないのだろうか。

(ああ、なんだかムカムカしてきた)

テキヤの皆を見送って外に出た渚は空を見上げ、のびをする。

ムカムカするのは前からそうだった。長時間膝をつきあわせて話したにもかかわらず、結論がなにも出ないところも。最終的には愚痴《ぐち》のこぼしあいになり、若輩者の渚はどうでもいい話につきあわされることになる。

あれだけ時間かけたにもかかわらず、何ひとつすっきりしない。

問題ごとは解決していないし、現状もよくなっていない。ただ、疲労しただけだ。

気の毒なのは静流だ。理解者は竹さんだけ。あれだけ父を尊敬し、たこ焼き職人になりたいと言っているのに、皆から評価されないなど――。

(少し、慰めてあげたほうがいいのかな)

裏の駐車場に行くと、

「いらっしゃい。毎度、いつもありがとうございます！」

威勢のいい静流の声がした。

「はいっ、たこ焼き一つですね。お時間十分ほどいただきますが、大丈夫ですか？　野菜多めで。はい、かしこまりました」

相手は女性ではないようだった。

――常連のお客さんは榊さんだけ？

――ほかにも二、三人います。だから尊さんはなにがあっても、絶対店を閉めるなって言ってたんです。そのお客さんのためにたこ焼きを焼けって。

静流の言葉は嘘ではなかった。火葬の翌日に来るお客がいるなんて――。近所の人だろうか。誰だろう――思わず屋台に足を向けた渚は後悔《こうかい》した。

そこに、見たくない顔があった。

「渚！」

低い声で名前を呼ばれたとき、なんでこいつがここにいるの――と思った。その感情は顔に正しく表現されていたと思う。

五年前――最後に会ったときは、高校の制服姿だった。前髪をワックスで立たせているのは昔と同じ。ただ、前より清潔感が増した。白いシャツに、緑色のエプロンは、業務用スーパーの配達員の姿だ。北海道の大学を卒業した後は、海外に留学したと聞いていたけれど、実家に戻ってきていたのだ。

「渚じゃないか」

にっと笑ったときに、目尻があがるのも変わらない。

「瑛太……」

「お知り合いなんですか？」

静流が驚きの目で、渚と瑛太をかわるがわる見る。

「うちの仕入れ先の業務用スーパーの息子だから」

「なに言っているんだよ、渚。他人行儀だな。幼馴染《おさなな じ》みで、生まれた頃からのつきあいなんだよ。やっぱり帰ってたんだな。なんだよ。清子さんにひきとられてから、えらく垢抜《あかぬ》けたな。しんみりしていると思ったら、元気そうでよかった」

瑛太はバンバンと渚の背中を叩いた。この距離の詰め方が瑛太らしいといえば、らしいのだけれど。

「やめてよ」

「なんだよ。つめたくなったたな」

なれなれしさが信じられなかった。瑛太にとっては、あの出来事はなかったことになっているのだろうか。あの一件で、どれだけ自分が苦しんだか。

瑛太の手を払いのけると、瑛太は「あ、悪い」と言って、屋台の脇に置いているアルコール消毒スプレーを手にとった。そういう意味じゃないんだけど。

入念に爪の奥まで洗った後、瑛太はあらためて渚にむきなおった。

「えーと、大事なことを言い忘れていた。このたびは、お悔《く》やみ申し上げます。尊さんが亡くなって、大変なときだと思う。なにか手伝いが必要なときは遠慮無く言えよ。俺とお前の仲なんだから」

「……ありがとう」

瑛太の笑顔を見て、顔がこわばってしまうのは、過去の出来事が原因なのだろう。彼にだけは会いたくなかった。いつも渚の心をかきみだして、悪い方向にひっぱっていくから。

親方のところで会った若い衆たちが瑛太が渚に謝りたがっている——と話をしていた。

ということは、瑛太はあのときのことを気にしているはずだ。謝罪をするつもりなら、聞かなくもないけれど。

渚は静流の脇をつつき、小声で訊いた。

「常連客って瑛太のことだったの？」

「はい。店を開けると、いつも来てくれるんですよ。たこ焼きが大好物らしくて」

「たこ焼きが大好物……」

そんな話は聞いたことがなかったが、お客に対しては冷たくあしらえない。

そういえば、渚がこの家を出てからも、瑛太はちょくちょくテキヤのアルバイトをしていたらしい。そのときに静流と親しくなって、たこ焼きが好きになったのだろうか。

「瑛太さん、お待ちどおさま！」

お客が一人いるだけで、店は活気づく。

「アオノリショウガマヨネーズ、大丈夫ですか？」

静流のその言い方は、父とまったく同じだった。

「マヨネーズ抜きで」

「かしこまりました」

静流はたこ焼き八粒を容器に入れると、ソースを塗り、紅生姜《べにしょうが》を入れ、青のりをかけた。最後の仕上げに鰹節《かつおぶし》をふりかける。できたてのたこ焼きの上で、鰹節はうれしそうに踊った。

「静流に話は聞かせてもらった」

タイミングを見計らって登場する、刑事ドラマに出てくる人のようなことを瑛太は言った。

「静流に借金を負わせるって？　見損《みそこ》なったよ」

「わたしが好きでそうするんじゃないよ。静流が自分で――」

「無理なのはわかっているんだろう？」

「そりゃ……」

「どのくらい無理なのか、ま、食べたほうがはやい」

その場で一粒頬張《ほおば》った後、瑛太はたこ焼きの入った器《うつわ》を渚に差し出した。

断る理由がなくて、渚は端の一粒を口の中に入れた。

（え？）

人間の顔は正直で、食べた感想は、そのまま表情に出るものだ。

だから父は一口目を食べる人の顔を、こっそりのぞき見していた。おいしそうに頬張る人の顔を見るのはなによりも楽しみだった。

感情が顔に出にくい人もいるけれど、渚の場合、一瞬であらわれる。

静流が作ったものだから、どんな味であれ「おいしい」って言ってあげようと思っていた。その心構えはあったのだけど――。

「……！」

口にしたものの味が信じられなくて、顔がくしゃくしゃになってしまった。

「なにこれ。やばっ」

母のもとにひきとられてから、粗雑な言葉遣いはしないように心がけていたのに。ここにいると、つい昔の自分に戻ってしまう。

「だろ？　やばいよな、これマジで」

見ると、瑛太はお腹を抱えて、笑い転げている。

「な、元気になっただろ？」

「なるわけないじゃん。これ、本当にお父さんに教わったたこ焼き？」

渚は静流に向き直る。こんなものを食べさせられたら、お客の足は遠のいてしまう。

なによりテキヤの先輩たちの態度に腹が立った。この状態の静流にたこ焼きを売らせていることに。それがかえってテキヤの評判を落とすことがわかっていない。

静流はおずおずと言った。

「尊さんに教わったのと同じ作り方です。あの……お店で出すようになったのは最近です。

なかなか尊さんの許可がおりなくて――でも、尊さんが体調を崩したとき、おやじさんが代わりに店をやれって……」

親方は静流のたこ焼きを食べたことがないのだろう。

渚は口の中に残った味を再確認する。同じ材料、同じ作り方でも、作り手によってこれほどまでに味に違いが出るとは思わなかった。味は悪くない。問題はべちゃっとした食感だ。

「元気にはなっただろ？」

目尻の涙をふきながら、瑛太が渚に言った。やっぱり瑛太は変わっていなかった。

この味を知っていて、嫌がらせで食べさせたのだから。

「うまくはないよな。静流のたこ焼き、毎日食べているんだけど、進歩ないんだよな。これだったら俺が焼いたほうがまだましっていうか」

静流のたこ焼きには明らかに油が足りていない。おいしく焼くこつは、火力だ。チャーハンでもなんでもそうだけど、火の使い方が味を決める。

「静流、お前、本当に自分のたこ焼きで百万も稼《かせ》ぐつもりでいるのか？」

渚の気持ちを代弁するようなことを、瑛太は言った。

「材料の無駄だって。二年も修業して、こんなたこ焼きしか焼けないんだったら、尊さんの弟子って名乗るのもやめておけよ。才能ねーべ」

瑛太の厳しい口調に、静流はうなだれてしまった。

「瑛太、言い過ぎ。静流もなんで言い返さないの」

「いえ、まずいのは本当なので」

目を伏せる静流の横で、瑛太が言う。

「渚こそ、どうしたんだよ。昔のお前だったら、俺みたいに言ってただろ？　はっきり言ってやるのもこいつのためだよ。尊さんには絶対かなわないんだから」

その言葉を聞いて、渚の体中に電流が走った。

ああ、思い出した。数年前、そっくり同じことを瑛太に言われたことがある。

彼が正式にテキヤのバイトをしにくる前、たこ焼きの焼き方を教えてほしいと言われて、目の前で実演した。そのたこ焼きを食べた彼はこう言ったのだ。


——渚のこれ、売り物にしてるんだ。尊さんには全然かなわないな。


渚が作ったたこ焼きに対して、彼は悪びれもせず、そう言い放った。

そう、確かに父のたこ焼きにはかなわない。それは自分でもわかっていた。だけど言っていいことと悪いことがある。

一生懸命作ったたこ焼きを、頭ごなしに否定されて、気分がいいはずがない。

瑛太のこういうところが昔から大嫌いだった。

なにもかも知っているというような口ぶりで、人を傷つけるようなことを平気で言う。嘘がつけない、隠しごとができない性格と自称しているけれど、単に無神経なだけだ。

たこ焼きの味を語れるほど、瑛太の舌だって肥《こ》えているわけではない。それもろくにたこ焼きを焼いたことのない人間が、本職に口出ししている。

そう思うと、怒りがふつふつとわいてきた。

西脇家にひきとられ、再教育を受けるようになってから、怒りは極力抑えるようにしてきた。胸のうちの感情は外に出さないように気を配ってきた。だけど、もう限界だった。

親方のところでたまった怒り、テキヤの人たちの愚痴《ぐち》を聞いたときの怒り、それから瑛太の静流への悪口。渚の怒りのボルテージは最高潮に達し、ついに爆発した。

「瑛太！」

渚は仁王立《におうだ》ちになり、瑛太の前に立ちふさがった。

「さっきから聞いていたら、あんまりなんじゃないの。瑛太なんかに言われる筋合いないよ！　そんなに文句言うなら、食べなきゃいいじゃないの」

「お客に対してそんな口のきき方をするのか」

「こっちだってお客を選ぶ権利がある」

「こんなたこ焼きで百万稼ごうだなんて、無理なのは渚もわかっただろう」

「無理じゃない！」

渚の口は反射的に言い返していた。

「あ？」

「無理じゃないよ。まだ二十七日もある。お父さんのたこ焼きを焼かなくても、百万稼ぐ手はある」

「母親に泣きつくのか？」

「そんなことはしない！　たこ焼きだけでも百万作れると思う」

「どうせ口だけだろ。言うだけ言ってまた逃げるつもりだろう？　なんだかんだで、お前、根性ないからな。いいよな。お嬢様は逃げ場があって」

「逃げない。人間、追いつめられて、逃げ場がないときに、やってやれないことはないの。百万でも二百万でも、稼いでやろうじゃないの！」

瑛太はにやりと笑った。

「二言《にごん》はないな」

「ない！」

渚の顔を見た後、瑛太は静流の肩をたたいた。

「だとさ、よかったな。たこ焼きの焼き方教えてくれるぞ」

あっけにとられていた静流は、やっと事情が呑《の》み込めたのか、こくりとうなずいた。

　二人の顔を見た渚は衝撃のあまり、わななないた。まただ。また、瑛太の口車にのせられた。

　渚はキッと瑛太を睨《にら》みつける。

「……わたしをはめたの」

「別に？」

　瑛太の手にはスマホがあった。ボイスメモで今の渚の言葉を録音していたのだ。それを再生した瑛太はにやりと笑った。

「今、自分で言っただろ？　百万でも二百万でも稼いでやるって」

「それは――」

「コロナで失業しているんだったら、一カ月くらい手伝ってやればいいじゃないか」

「無茶言わないでよ。今のは言葉の綾《あや》。わたしにはわたしの人生があるの」

「また逃げる気か？」

　瑛太が追い打ちをかける。ああ、どうしてこういうことを言ってしまうんだろう。あとで絶対後悔《こうかい》することになるのに。頭で思っていても、口は言うことを聞かなかった。

　渚はきっと瑛太を睨みつける。

「やってやろうじゃないの！」

第三章

「やっちゃった……」

ふらふらとした足取りでアパートに戻ってきた渚《なぎさ》は、その場にうずくまる。エアコンのない部屋の空気は熱をはらみ、むわっとしている。

だから会いたくなかった。瑛太《えいた》は昔から苦手だ。苦手どころではない。天敵だ。

スマホには母から着信があった。ほとんど同じ時間に運転手の鏑木《かぶらき》からメッセージが入っている。ということは、迎えの時間を教えろということなのだろう。山下《やました》さんからもお悔やみのメッセージが入っていた。だが、返信する気にはならなかった。

——言うだけ言ってまた逃げるつもりだろう？　なんだかんだで、お前、根性ないからな。いいよな。お嬢様は逃げ場があって。

瑛太の声が頭の中で再現される。その声を打ち消すように、渚は首をふる。

瑛太の言葉なんて気にすることはない。瑛太は静流《しずる》の窮状《きゆうじよう》を知って、静流を助けようと、渚から言葉を引き出しただけだ。

別に逃げ出すわけではない。渚はもうテキヤと縁を切った。なのに——。

——やってやろうじゃないの！

売り言葉に買い言葉。どうしてあんなことを言ってしまったのだろう。それも自分から逃げ場をなくすようなことを。

こういうことは今回が初めてではない。瑛太はことあるごとに、渚とぶつかりあった。それでいつもいやな思いをする。幼馴染《おさなな》《じ》みだからこそ、渚の性格を熟知している。

封印していた記憶が次々に蘇《よみがえ》ってくる。

ああ、中学のときもそうだった。

「なあ、その頭、似合っているとでも思ってんの？」

髪を少しずつのばしていたときに、たこ焼きを買いにきた瑛太が言った。

「常連客の斉藤《さいとう》さんとか言ったっけ。陸上やっている大学生。髪の長い子が好きって言ってたの、真に受けてるのか？」

「なに言ってんの。んなわけないじゃん」

反論したけれど、図星だった。斉藤さんが来る時間帯になると、いそいそと手伝いに出てきていたのを、瑛太に完全に見透かされていた。

無視を決め込んでいたけれど、瑛太は話を続けた。

「お前、好きな相手に合わせて髪型変えれば、つきあえるとでも思ってんの？　斉藤さんは髪の長い子がタイプなんじゃなくて、今、つきあっている人がたまたま髪が長いだけなんだよ。俺は親切だから教えてやるよ。早めにわかったほうが傷が浅くてすむだろ？」

そう言って、瑛太はにっと笑った。そのときの顔は、思い返すたびに腸《はらわた》が煮えくり返る。

「お前、相変わらず男を見る目ないな。自分より背が高くて、頭がよくて、やさしくて……。そんな好条件の男とつりあうだけの、好条件の女か？　好かれようと思って、相手に合わせている時点で、好かれるはずねーべ」

彼はいつも正直で、思ったことを言う。デリカシーがなく、いやなやつだった。

顔を合わせたくなくても、うちが懇意《こんい》にしている業務用スーパーの社長の息子だから、食材を仕入れるたびに会わないといけなかった。

──やっぱり尊《たける》さんには全然かなわないな。

思い出すだけで胸の奥がヒリヒリする。瑛太のために焼いてあげたというのに、教えてあげる立場の人に対してこの物言いだ。でも、これはまだ許せる。瑛太の言ったことは事実だったから。

だけど――あのことだけは許せない。

記憶のスイッチが入ると、思い出したくもないのに、頭の中で再現動画が流れはじめる。

あれは――高校二年の夏だった。渚は父に一生に一度のわがままを言った。

「友達と一緒にお祭りに行きたいから、テキヤのバイトを休ませてほしい」

ささやかな願いだった。

もちろん、父からOKをもらうために、ほかのお祭りやイベントのバイトをがんばった。

幸い、夏場は多くのバイトを雇うことになり、やっとのことでおゆるしが出た。

その夏祭りは、今にして思えば、小中高を通して友達と一緒に行ける、最初で最後の機会だった。

たかだかお祭りだ。でも、子供の頃から、友達とお祭りに行くのが渚の夢だった。

その日を全力で楽しみにしていて、夜も眠れないほどだった。

最初はクラスメートの女友達と二人の予定だったのが、その子がせっかくだから男子にも声をかけないかと提案し、別のクラスの男子が二人来ることになった。その一人が当時、渚が片思いをしていた男子だった。

「渚がお祭りに詳しいって聞いたから、彼、すごく楽しみにしてるよ」

そんなことを言われたから、毎日お祭りのことで頭がいっぱいになってしまった。

どこを案内しようとか、どんな話をしようとか、脳内でシミュレーションをし、一生懸命考えた。その日が楽しみで、その日のことを考えている間、たとえようもないほど幸せだった。休みをくれた父にも、浴衣《ゆかた》を用意してくれた母にも、世界中の人に感謝したい気分だった。

なのに、その祭りには行けなかった。

信じられないことに——当日になってドタキャンを余儀《よぎ》なくされた。

渚の代わりで働く予定のバイトが体調不良でお祭りに来られなくなった。その一人が瑛太だった。そのときのことを思い出すと、今でも気持ちがヒリヒリする。

「渚、今すぐ厚木《あつぎ》に来てくれ」

早朝、父から電話があったとき、信じられない思いだった。

たかだかお祭りに行けなかったくらいで大げさな——と、普通の人はそう言って慰めてくれる。だけど、渚にとっては特別なお祭りだった。初めての、普通の、お祭りだった。

それでもその日の売り上げを考えると、行かないわけにはいかなかった。渚の高校の授業料や、生活費になっていたから。

「瑛太って本当に使えない。なんでこういうときに限って休むわけ」

父にかり出され、渚はイライラしながら屋台の手伝いをした。ショックが大きすぎて、泣きたい気分だった。

「体調不良はしょうがないだろう」

なにを言っても、父には響かなかった。父は笑いながらたこ焼きを焼いていた。

「だったらわたしも今すぐ体調不良になる。おなかが痛いから帰る」

「仕方ないだろう。これが家業なんだから」

家業という一言で、すまされたくなかった。

物心ついたときからずっとそうだ。手伝いを優先させられて、人並みの楽しいことは一切手に入らない。テキヤでいるならそれが日常で、死ぬまで続くのかと思ったらぞっとした。友達とお祭りに行くというささやかな夢さえも叶えられない人生なんて、絶対にいやだった。

「渚、店に立つならちゃんと笑えよ。つらいときこそ、笑え。笑っておけば、そのうちいいこともあるよ」

「なに言ってんの。笑えないよ。一生に一回のチャンスだったのに」

「大げさだな。来年はちゃんと行かせてやるって」

「来年なんて――」

来年なんてあるわけない。来年、その友達と同じクラスである保証はないし、今のような関係であるかどうかもわからない。同じメンバーで、お祭りに行く機会が持てるとも限らない。わくわくが大きかった分、失望も大きかった。

いつもなら嫌なことがあっても、接客しているうちに忘れてしまう。でも、あの日だけは無理だった。浴衣を着て、楽しく笑いあっているお客たちが羨《うらや》ましくて。その人たちと比べると自分が惨《みじ》めでたまらなかった。

「なんだったらその友達をこっちに呼べばよかったのに。たこ焼きくらい、いくらでもごちそうするよ」

「お父さん、冗談言わないでよ」

七月、八月の週末は全国各地でお祭りがある。

厚木の花火大会は地元ではないからこそ、いやいやながら、渚は引き受けた。

そこでは誰にも会わないだろうと思っていた。それだけが救いだった。

しかし、父が休憩に行き、店番を任されたとき、

「あれ？　渚じゃん」

その声に、渚は顔を上げた。

目の前に立っていたのは、今日、横浜《よこはま》で会うはずだった友人だった。髪をハーフアップにして、浴衣を着ている。なんでここにいるのだろうと思った。別のお祭りに行っているはずだったのに。

「なにしているの？」

友人の声は怒りをはらんでいた。

「ドタキャンした用がこれ？」

コロナ禍《か》の今なら、マスク着用が義務づけられているから、顔を隠すことができる。でも、そのときは無理だった。気まずさでとっさに笑顔がつくれなかった。

「人に頼まれて……その……バイト……」

やっとのことで、言葉を絞《しぼ》り出した。

最悪だった。万が一、この場所で知り合いと会ったときのことも想定済みだった。自分は、ただバイトをしているだけ――そう言って取り繕《つくろ》う予定だった。だけど、その友人と会うとは想像していなかった。

「ふーん」

渚がたこ焼きを焼いている間も、沈黙が長かった。

友人の怒りの感情は手にとるようにわかった。

渚と同じようにこの日を楽しみにしていたっていうのに、当日になってまさかのドタキャン。自分たちとの先約より、バイトを優先するってどういうこと？　しかも、ドタキャンの理由が身内の不幸とかやむを得ない事情ではなく、テキヤのバイトなのだから、わけがわからないだろう。怒って当然だ。

お客が来てくれれば、適当に友人の話を遮《さえぎ》ることができるのに、こういうときに限って、お客がこないし、友人は目の前から離れない。

「厚木にしたんだ」

沈黙に耐えきれず、渚が訊いた。友人はふてくされた様子で答える。

「渚が来られないっていうから急遽《きゆうきよ》変更したの。親戚《しんせき》が厚木に住んでいたから、こっちのほうがいいかなって」

「そうなんだ」

「なにやってんだよ。あ、たこ焼き? うまそ」

彼女の後ろに渚がずっと片思いをしていた男子がいた。無地の浴衣で、ずっとうちわをあおいでいた。

「たこ焼き焼いてんの。すげーじゃん」

せっかく彼が話しかけてくれたのに、なにも返せなかった。こんな姿を見られたくなかった。せっかく浴衣を用意してもらったのにそれを着られず、黒いTシャツと黒いエプロン姿。汗びっしょりで、顔はすっぴんだ。なにより気まずくていたたまれなかった。皆との約束を反故《ほご》にして、たこ焼きを焼いているのだから。

どう言えばこの場を丸くおさめることができるかと頭を巡らせていたとき、

「おっ、渚じゃん」

脇からあらわれたのが瑛太だった。

「わりー。ちょっと朝から腹痛で。昨日食べすぎたんだよな。尊さん、怒ってない？」

いつも最悪なタイミングで、瑛太はあらわれる。

「なんで来たの」

「なんでって……尊さんが渚がお祭りに行きたがっているから、体調がよくなったら、途中からでもいいから来いって。で、胃腸薬ありったけ飲んで、なんとか復活してきた」

だったら、どうしてあと十分早く来てくれなかったのだろう。

「渚、この人は？」

友人が怪訝《けげん》そうな顔をした。

男がいないっていうから紹介してあげようと思ったのに、どういうこと？　男がいるのに二股《ふたまた》かけようってこと？　それともこの男がいるから、うちらの約束をドタキャンしたってこと？　そういう顔をしていた。

「ああ、違うの。誤解しないで。こいつは幼馴染《おさななじ》みの瑛太。こいつがバイトを休むから代わりに来なきゃいけなくなって。わたしはバイトの予定は入っていなかったんだけど、瑛太のせいで……」

説明すればするほど、泥沼にはまっていった。なにを言っても、友人たちからすると、自分たちの約束より瑛太っていう男のほうが大事なのか、としか受け取ってもらえない。

あんたのせいなんだから、助けなさいよ、と渚は瑛太に目で訴える。

瑛太はああ、という顔で皆に言った。

「誤解のないように言っとくけど、渚、ドタキャンしたくてしたわけじゃないから。バイト都合じゃなくて、家庭の事情ってやつ。こいつ、テキヤの娘だから」

やめて——という渚の心の声は、瑛太には伝わらなかった。渚が瑛太に求めたのは、自分が体調不良になったから、渚が代わりに働かないといけなくなった——という説明だ。なのに、彼は余計なことを口にした。

「テキヤ？」

友人は顔をひそめる。

「渚んちってテキヤだったの？　お嬢様って聞いていたのに」

「それは——」

友人は騙《だま》してたんだ、という顔をした。騙すつもりはない。母がお嬢様だというのは本当だ。父の素性《すじょう》は聞かれなかったから、答えなかっただけ。だけど、そんな言い訳など今更通用しない。それに瑛太はこういうときに空気が読めない。

「そう、こいつんち、テキヤやってんだよ。渚も小さい頃からたこ焼き焼いていたんだ。格好いいだろ？」

瑛太は目を細めてにっと笑い、渚が学校で隠していたことを、さらっとばらしてしまった。

人生最悪の日だった。

瑛太が来たことで、渚は途中で帰ってもいいと父に言われたけれど、完全に手遅れだった。渚がテキヤの娘であることはあっという間に校内に知れ渡り、その後の高校生活は散々だった。

そういうことをしでかしておいて、瑛太は一度も謝罪をしなかった。それどころか、さらっとまた前のように距離をつめてきた。どうして謝ってこないのだろう。謝らなくてもいいとでも判断したのだろうか。

ああ、むしゃくしゃする。

渚は部屋のふすまを開ける。

大股《おおまた》で廊下《ろうか》を歩いて父の部屋に行き、仏壇《ぶつだん》の前でりんを鳴らす。

笑っている父の遺影が憎らしかった。身内が亡くなるというのは哀しいものだと思っていたのに、父を偲《しの》んで涙がこぼれるようなこともない。

父が亡くならなかったら、来週は山下さんとデートで、その翌週は大学時代の友人たちと近況報告がてら、優雅なお茶会の予定だった。

テキヤから離れる予定だったのに、どんどん足をからめとられている気がする。

瑛太のにっと笑う顔が頭に浮かぶと、胸の奥がかっとあつくなる。

しかし、洗面所で顔を洗うと、気分は変わった。

渚は両手で頬《ほお》をぺちりと叩く。

やったろうじゃないか。人間、やってできないことはない。

アパートを売る売らないは別として、父の借金はきっちり耳をそろえて親方に返す。母にも頼らず、自分だけで返してやろうじゃないか。

そう決めたからには善は急げだ。

「静流、ちょっといい？」

渚はアパートに戻ってきた静流を呼び止める。彼が持っている売れ残りのたこ焼きは、アパートの住人のまかないだ。

「はい」

「ついでに上の人たち、呼んできてくれる？　これから作戦会議をしたいの」

「無理ですよ。天国《あまくに》さんも鬼束《おにづか》さんもずっと部屋にひきこもっていて……」

静流の言葉を渚は遮って言った。

「出てこなかったら、大家のわたしがアパートを今すぐ追い出すって伝えて。アパートの存続がかかっているんだから。大至急！」

＊＊＊

父の仏壇がある和室。

「集まってもらったのはほかでもない」

倉庫の奥深くに眠っていたホワイトボードを引っ張り出してきた渚は「借金返済計画」という文字を、黒のマーカーで書き込んだ。

「ここにいる全員で、二十七日で百万円を稼《かせ》ぐ方法を考えたいの」

渚の目の前にいる二人は、ソーシャル・ディスタンスで部屋の両隅に所在なさげに座っている。面識がない渚に対して、どう接していいのか面食らっているようだった。

それは渚も同じだ。

天国と鬼束に関しては、事前に静流から説明を受けた。

天国は二十代の社会人。正確な年齢は不詳で「貧乏神《びんぼうがみ》」と呼ばれている。名字が「天国」であるところと、痩《や》せ型で、ぼさぼさの長髪の頭にトゲトゲの突起物がついたバンダナを巻いている姿が遠目にキリスト様に似ていることから、当初は「神様」と呼ばれていたのが、何年経っても御利益《ごりやく》がなかったため、「神様」から「貧乏神」に降格した。

もとはＩＴ会社に勤務していたのだが、会社が倒産し、顔見知りだった渚の父親に拾われた。虚弱体質だったため、テキヤの戦力にはならず、住み込んだまま、フリーランスでパソコンを使った仕事をしているらしい。「貧乏神」ではあるのだが、なぜか小金を持っており、今も、ＵｂｅｒＥａｔｓでとりよせたタピオカドリンクをすすっている。

顔のニキビを気にしている鬼束は映画や映像関係の専門学校に通う学生だ。黒地に白い十字架の入ったTシャツは、有名ＹｏｕＴｕｂｅｒのプレミアムグッズらしいが、猫の毛だらけだ。生活苦で家賃が払えなくなったところ、渚の父親に声をかけられ、引っ越してきた。実家は九州で、両親共に健在だが、コロナが終息するまで絶対に帰ってくるなと厳命されたため、居残っている。

「いきなり呼びつけられて、借金返済を手伝えなんて——」

天国は頭をボリボリかきながら、面倒くさそうに言った。

「たこ焼きなら静流一人で大丈夫でしょう」

「現段階で、静流一人には任せられないの」

きっぱり言うと、静流が真っ青な顔になった。ああ、いけない。ストレートなものいいをすると、この子は落ち込んでしまう。

「今の段階ではってことよ」と、渚は静流にフォローする。

「静流ががんばっているのは知っているし、今後、どんどん上達すると思う。だけど、現状、厳しいと思う。二人ともたこ焼きが焼けるのなら、力を貸してほしいんだけど」

「尊さんの娘さんの頼みなんで、力を貸したいのはやまやまですけど」

天国は頭をかき、あくびをした。

「正直、自分らと関わるとろくなことにならないですよ」

「ろくなこと?」

「おやじさんに睨《にら》まれますし、若い衆からも嫌がらせされます」

天国に続き、鬼束が答える。

「おやじさんからすると、自分らにさっさと立ち退いてもらいたいくらいでしょうから。ま、潮時なんでしょうね。家探しくらいしますよ」

「来月から、住むところあるの?」

渚は天国と鬼束に訊いた。

「ないですけど。出て行けと言われたら、仕方ないですよ。おやじさんに睨まれたら、ここではやっていけないですし」

「おやじさんのことなら心配いらない。今、必要なのは人手なの。天国も鬼束もたこ焼き、焼けるんでしょ?」

渚の話を受け、鬼束が答える。

「焼けることは焼けますけど、正直静流と似たり寄ったりですよ。それにたこ焼きを焼けばいいってわけじゃないと思います。この条件の悪い立地でもたこ焼きを買いにくる人がいたのは、尊さんのたこ焼きがあったからです。尊さんが店に立てなくなってから、売り上げが激減したわけで。だから、自分たちが焼いても、売り上げは回復しない気がします」

鬼束の話を聞き、天国も大きくうなずく。

「尊さんって人間力ありましたからね。お客って人につくじゃないですか。ここに来るお客って、自分らについていたわけじゃないんで。でもコロナで、その尊さんでも苦戦していたってことは、自分らががんばったって可能性は低いですよ」

二人が言うことはもっともだ。普通にたこ焼きを焼いたところで、百万を稼げるとは渚自身、思っていない。

「そりゃ、できることがあればやりますよ。でも、こういっちゃなんですけど、自分らをあてにしなくても、渚さんなら百万くらい、簡単に用意できるんじゃないですか？」

鬼束がぽつりと言った。

「はあ？」

聞いた瞬間、思わず眉間《みけん》に皺《しわ》をよせてしまった。いけない、母にみっともないと数え切れないくらい注意されたのに。

「親方はたこ焼きを売って、借金を返せって指定したわけじゃないですよね。だったら、別のお金のある人を頼ったほうがいいですよ」

そう言って、天国はタピオカドリンクをすする。

「自分らマジ貯金ないんです。鬼束だって生活費どころか、卒業制作の予算すらなくて、撮影できなくて困っているんです。金のことなら、自分らに頼るより、渚さんのお母さんとか、裕福な方にお願いしたほうがよっぽど早くて確実ですよね」

完全に正論だ。だけど、それができないから、こちらも天国と鬼束に話を持ちかけたわけで――。渚は大きく息を吐く。

実際に二人と話してみてわかった。二人とも一筋縄《ひとすじなわ》ではいかないし、予想以上に弁が立つ。だからこそ、小難しい理屈が嫌いな親方や若い衆から煙たがられたのだろう。

そのときだった。

「二人ともなに言っているんですか」

静流の声が割って入ってくる。若輩者《じゃくはいもの》だが、こういうときの静流の声は不思議と力強い。

「これまで尊さんは一円も家賃もとらず、何年も置いてくださったんじゃないですか。自分たちの世話をしなければ、借金を抱えなくてすんだかもしれないんです。今こそ恩返しをするときじゃないですか！」

「静流……」

「渚さんに対しても失礼です。尊さんの借金を返すには、このアパートを親方に譲《ゆず》るのが一番なんですよ。ご家族の方はそうしろと言ったのに、渚さんは自分たちのために残そうとしてくださっているんじゃないですか」

静流が訴えると、その場は水をうったように静かになった。

ややあって、決まり悪そうに天国が言った。

「手伝わないとは言っていないですよ。追い出されると正直こっちも困るんで。ただ、最初に言ったとおり、自分らと絡んでもいいことはないでしょうし、アイディアを出したところで採用されないなら、意味ないっていうか。時間の無駄につきあうのはもうこりごりだなって思っただけです」

「時間の無駄？」

渚が訊くと、鬼束がうなずいた。

「今は何をやっても無駄なんですよ。コロナ禍《か》でイベントもないですし、イベントを作るわけにもいかない。何をやろうとしても、おやじさんがだめって言うんで八方ふさがりです。咲良《さくら》の件で、自分らまわりにめちゃくちゃ嫌われているんで」

そうだ。その話はテキヤの若い衆が焼香に来たときに話していた。咲良に入れ知恵をしたと。

「一体何をやったの？」

「テキヤのＨＰを作って、イベント情報を告知しようとしただけです」

天国は言った。天国はテキヤのアルバイトをする前、ＩＴ会社でＷＥＢ制作をしていたことがあるらしい。

「本格的なものじゃないです。無料のテンプレートを利用したんで、コストはかかってないです。あとインスタとか、Ｔｗｉｔｔｅｒとかでアカウント作って、お祭りとかテキヤ情報を流して、興味のある人に見てもらおうと思ったんですけど、まー、怒られましたね」

そのサイトのための写真や映像素材を提供したのが鬼束らしい。

「そうですよ。こっちとしては、皆のためを思ってやったことなんですけど、喜んでもらえるどころか、顔をつぶしやがってとか、うちの敷居を二度とまたぐな、みたいなことを言われて……。そこまで言われたら、さすがにやる気をなくすというか」

「これも立派な集客なのに。ほかの親方のところがやっていないのに、自分たちだけそんなことできるか――とか、意味わかんないっす。マジ最悪」

ああ、この思いは渚も共感できる。

よかれと思って考えたこと、すべて上の人たちに潰されてきたから。

彼らは何もやらなかったわけではない。テキヤのためを思って、やれることを考えて実行しただけなのだ。

天国は顔をゆがめ、話を続けた。

「世間ではコロナ禍でテレワークがはじまって、在宅ワークができるようになったり、なんでもオンラインですませるようになって、外食だってアプリでポチるデリバリーを利用しているっていうときに、うちはいまだにチラシ配りで集客したりしているんですよ」

一カ月ほど前、親方に呼び出されたイベントがそうだったらしい。そのときのことを思い出し、天国は肩をすくめた。

「アルコール消毒とか、フェイスガードをつけるくらいはやりましたけど、直接手渡しだなんて、このご時世、いやがられるに決まっていますよ。通行人にビラを勝手に持っていってもらおうと思って台を用意したら、手渡しじゃないと失礼だなんて怒られるし」

「あと集客ですけど、おやじさんにアイディアを出さなかったわけじゃないです。自分の友人に俳優の卵とかいて、ちょうどホラーものの映画撮ってたんで、夏だし、子供向けに少人数制のお化け屋敷でもやったらどうかって言ったら、即却下《きゃっか》されました。人を集めるのもだめ、外部の人とのコラボもだめって。まあ、友人たちが無名だからっていうのもあるかもしれないですけど、聞く耳持たないってやつで」

「お化け屋敷……ね……」

渚は腕組みする。今、頭の中でなにかがひらめいた。

あれ？　これって、もしかしたらすごく面白いアイディアなのではないだろうか。

「大がかりな物はお金かかるんじゃないの？」

渚に対して、鬼束が答える。

「コストはかかってないですよ。小物とかは借りられるんで。ちょうど駐車場の空き地で撮影したくて、大家さんと話をつけたかったんですけど、やっぱり尊さんじゃないと厳しいんですよね」

大家さんの交渉なら、自分にでもできるかもしれない——と渚は胸の中で考える。

「コロナ以降、ネットを見る人が多くなったそうじゃないですか。だからこそ、ＳＮＳを使った集客はいけると思ったんです。で、咲良にすすめたんですが、それからおやじさんに完全に嫌われたんです」

「なるほどね」

渚はうなずいた。同じことを自分も身をもって経験した。

「お祭りもない、イベントもない、集客できない。でも、店を開けているってことは宣伝しないといけないわけですよ。だから、そのツールとしてSNSを使おうとしたら、うちだけするわけにはいかない。他の親方のところと足並み揃えないといけないって」

「周りの出方待っていたら、皆、飢え死にしてしまいますよ」

天国と鬼束はお互いの顔を見て、うなずいた。

「こんな風に言うのは間違っているかもしれないんですけど、自分は正直、尊さんを殺したのは、この古くさいテキヤの体質じゃないかと思っています。ちゃんと時代と迎合できていれば、尊さんがあちこち奔走《ほんそう》して、体を壊すこともなかったんです」

天国は仏壇《ぶつだん》の遺影をちらと見た。

「正直、親方連中の大半は高齢者ですからね。なかには後期高齢者の親方だっています。そういう人たちはガラケーさえも扱いこなせず、世の中の流れについてきていないんです。なのに昔の武勇伝を語って、昔通りのやり方にこだわるんです」

「わかるよ」

天国の言い分は渚も十分理解できた。その不満は今なお燻《くすぶ》り続けている。閉塞《へいそく》感はどうにかしたいと昔から思っていた。けれど、不満を抱いていても、いざお祭りが行われると、そのときの熱と売り上げにかき消され、忘れてしまう。

根本的な問題は解決されないままだった。

「ま、百万円分の売り上げなんて、なにやっても無駄ですよ。お祭りやイベントもなし。たこ焼きだって、普通のたこ焼き。それでも百万円の売り上げが立てられる算段があれば、協力しないわけじゃないですけど」

そう言って、天国はストローで容器の中のタピオカをつついた。

渚ははっとする。今、新たになにかが思い浮かんだ。

もしかしたら――これならいけるのではないだろうか。そう思った瞬間、渚の口から思いがけない言葉が飛び出した。

「……お祭りがないなら、作ればいいんじゃない?」

「住宅街の駐車場でお祭りやるっていうんですか?　無茶ですよ。おやじさんの目もありますし、ご近所からクレームがきます」

「そうじゃない。大丈夫、お祭りは作ろうと思えば作れる」

「作れる?」

「今、天国と鬼束がヒントをくれたじゃない」

「渚さん、本気なんですか？　そりゃ二千五百パック焼くなら、純利益で百万いくかもしれませんけど、いくらネットで人を呼んだとしても、駅からさらにバスで二十分なんて場所にお客は来ないですよ。そもそもたこ焼きにそんな価値ありますか？　材料が無駄になったら、完全赤字ですよ」

「そうですよ。それにこの猛暑。下手《へた》にお客さん呼んだら、熱中症になってしまいますし、こっちだって炎天下で焼き続けたら死んでしまいます。扇風機しかないんですから」

「そこはちょっと考えてみるけど」

二千五百パック——作れない数かと言われれば、そうではない。

ただ馬鹿売れというのはさすがに厳しい。

でも、普通のたこ焼きではなく、別のたこ焼きを作ったとしたらどうだろう。たこ焼きの単価を上げるとしたら——？

渚は皆の顔を見ながら言った。

「わたしに考えがあるの。自分たちにできる方法で、お祭りを作りたい。この閉塞感を吹き飛ばすようなやつ。それでがっつり稼《かせ》いで、おやじさんたちに一泡吹かせたい。あと、瑛太に連絡とってくれる？」

「瑛太さんに？」

「あれ——瑛太のところの業務用スーパーで扱っているか知りたいの」

＊＊＊

その日も炎天下だったけれど、昨日までの暑さは感じなかった。

暑いのは変わらなくても、気持ちひとつで、体が動くようになる。

「渚さん、鬼束さんの映画仲間たちはもう少ししたら到着するそうです」

静流が渚のところに報告にくる。

「自分はスイチカやりますね。ビニールプールに水入れてきます」

「お願い」

チカというのは、テキヤ用語で風船のこと。スイチカは水風船のことだ。見た目にも鮮やかな水風船は、水に浮かべると涼を演出できる。

倉庫に眠っている商品《ネタ》をフリマサイトで売りさばこうと思ったけれど、使い道ができた。

「食材はそこに置いておきますんで。あとは渚さんにお任せしますね」

「わかった。任せといて」

裏の駐車場の空き地。組み立てが終わった屋台の前で渚はのびをする。足下に静流がおいていった業務用スーパーの袋があった。瑛太が配達にきたのだ。

——言うだけ言ってまた逃げるつもりだろう？　なんだかんだで、お前、根性ないからな。いいよな。お嬢様は逃げ場があって。


頭の中で響く瑛太の声に、渚は言い返す。

やるからには、やってやろうじゃないか。

母には葬儀の後処理で戻れないと伝えた。不審に思っていたようだけれど、ことがことだけに渚の言葉を疑わなかった。

山下さんにも身内の不幸を理由に一カ月会えないことを伝えた。彼も渚がテキヤであることに対する疑いはなかったようだった。

山下さんから届いたメッセージを渚は確認する。


——約束通り、七月十八日にお目にかかるのを楽しみにしています。どうかお体大切に。


七月十八日はちょうど借金返済日。

それまでに必ず百万円——できれば三百万円を稼ぎ、テキヤとは完全に縁を切る。そして山下さんに会いにいく。

そう心の中で決意をすると、少し気が楽になった。

（あの人にも連絡しておいたほうがいいか）

渚はスマホを取り出し、電話をかける。数回のコール音の後、もしもし、という声が聞こえた。その一言だけでも、その人の品の良さと厳格さが伝わり、背筋がのびる。

「おばあさま、渚です」

身内ではあるけれど、母方の祖母と話すのはどっと緊張する。

「ええ、今日中に一度顔を出します。山下さんのことはご心配なく。遺品整理には時間がかかりそうですが、その……無事に終わりましたら戻りますから」

しどろもどろの渚の話を聞いた後、祖母は静かに言った。

「わかりました。運転手の鏑木をそっちに行かせましょう。これでやっとテキヤとは縁が切れるのですね」

「はい」

「山下さんとのご縁を大切になさい。渚、あなたがちゃんとしたところに嫁《とつ》ぐのは、清子《さやこ》のためにもなるのですよ」

「わかっています」

母は、テキヤである父と駆け落ち同然で結婚した際に家を勘当《かんどう》された。十八年経って離婚し頭を下げて、家に戻ったけれど、母の実家は針のむしろだった。

渚は大学と就職を理由に飛び出せたけれど、母はそうではなかった。

――テキヤと結婚だなんて西脇《にしわき》家の娘がなんて浅はかなことを。

――まったく一族の恥知らずです。

――清子さん、あなたの教育が悪いから、渚はこんな粗雑な娘に育ったんです。

母の親戚《しんせき》は容赦《ようしゃ》ない言葉を母に浴びせかけた。渚の失敗や落ち度は、すべて母の責任になった。渚がまともな相手と結婚することが、母の名誉回復になる。その母のために絶対にテキヤに戻るわけにはいかない。

だから、誰がなんと言おうと、テキヤと関わるのはこれが最後。

たこ焼きを焼く前に、いつもやる儀式がある。

渚は黒いタオルを手にとり、両端をもってぴんとのばす。それからねじって、頭のまわりに巻く。額で結び、その結び目を後頭部にもっていく。

この鉢巻《はちま》きは、最初はお祭りっぽい雰囲気《ふんいき》を出すためにやっていたのだが、いつしか習慣になった。たこ焼きを焼くときに汗をかくから、合理的だというのもある。

屋台でたこ焼きを焼くとなると――「大多幸《おおたこ》」のTシャツを着ないといけない。倉庫をあさると、女性用のMサイズが出てきた。まるで渚のためにとっておいたような、ぴったりのサイズだった。

どうせやるなら、まずは勘を取り戻さないといけない。

売り物になるたこ焼きを焼くとなれば、静流一人では無理だ。

天国と鬼束にはたこ焼き以外の役割ができた。なら、自分がやるしかない。

業務用冷蔵庫の中に塩ゆでしたタコが残っていたので、ぶつ切りにする。キャベツはスライサーで千切りにしたほうが早いけれど、それだと芯がうまく処理できないので、父は包丁で切っていた。重みのあるキャベツにざっくりと包丁の刃を入れ、切り分けた後、リズミカルに細く切っていく。

母に引き取られてから、料理教室に通わされていたし、大学在学中からパティシエ修業をしていたから、腕は衰えていないはずだ。

たこ焼きと一口にいっても、店によって違いがある。うちのたこ焼きは本場大阪のとも、市販のたこ焼きとも、どこか違う味だった。

とりわけ、うちのたこ焼きで肝心《かんじん》なのは、生地に昆布出汁《だし》を入れること。その中に隠し味として、特製の醤油《しょうゆ》を使うこともあった。気温や湿度で、できあがりの味が違うので、その日によって細かく調整していた。粉がダマにならないように泡立《あわだ》て器でよく練《ね》って、舌触りを滑らかに仕上げることも重要。時間があるときは、冷水で生地を練り、一時間ほど寝かせてから使った。

忘れかけていた一連の作業は、静流の動きを見て思い出した。

食材の準備が終わったら、鉄板をあたためる。

たこ焼きを焼くときは、火力に気をつける。注文が入ってから焼き上がるまでおよそ十五分。スピードが命だ。

鉄板のすべての穴に油をひいていき、鉄板の一面を覆《おお》うように、生地を流し込む。それぞれの穴の上にキャベツ、長ネギを入れる。キャベツ、長ネギで作ったクッションの真ん中にくるようにタコを入れ、揚《あ》げ玉《だま》を入れ、その上からさらに生地を注ぐ。

それから一気に強火で焼き上げる。

左右の手にキリを持ち、まっすぐ鉄板の右端、左下に向けて、生地にすっと一直線に長い線を入れる。生地をひっくり返しやすいように。

それからは順次、奥の穴から手前の穴に向けて、一気にたこ焼きをひっくり返していく。くるり、くるり、くるりと。

不思議なものでひっくり返したときには、多少いびつな形をしていても、生地を穴に入れこんでいくうちに、丸く整っていく。

「あっつー」

油を追加した後、渚は額の汗をぬぐう。

天気予報で今日の最高気温は三十二度の真夏日だと言っていた。

手元でじゅーっという音が弾ける。湯気で目がかすむ。

炎天下でたこ焼きを焼くというのは、想像以上の重労働だ。立っているだけで消耗《しょうもう》する。たこ焼きをひっくり返しながら、もう二度とたこ焼きなど焼きたくないと思っていたのに、なにをやっているんだろう——とも思った。

この負けず嫌いの性格を、どうにかしたかった。

まだ自分が父の味を覚えているかどうか、再現したくなったというのもある。

父は——家族にとって最良の夫でも、最良の父親でもなかったけれど、父が作るたこ焼きは絶品だった。


「え、マジで渚が焼いてんの？」

屋台の裏にはいつしか瑛太が来て、水風船を膨《ふく》らましている静流と一緒に遠巻きに渚の様子を見ていた。渚が業務用スーパーに注文したあるものを届けにきたときから、渚の動向が気になっているようだった。

「瑛太さんのおかげです」

「いや、あの渚が……。一体、どういう心境の変化なんだ」

「余計なことを言って、邪魔しないでくださいよ」

「するわけないだろ」

二人は息をひそめ、言葉を交わした。

「尊さんが見たらさぞかし喜ぶでしょうね」

「だな」


二人の声は、たこ焼きを焼く音に消され、渚には聞こえなかった。

ああ、いやだな、と渚は額に浮かんだ汗をタオルでぬぐう。

ずっとたこ焼きを焼きたくなかったのには理由がある。父のことを思い出してしまうからだ。


――あんなにやさしいテキヤの人に会ったことがないです。

父のことを、静流はそう評していた。

――尊さんほどいい人はいなかった。いい人ほど、はやく亡くなるって本当なのかねえ。

うちにお悔《く》やみを言いにくる近所の人は口々に、そういって父を偲《しの》んだ。遺影を見て、た。

涙をこぼす人もいた。

いい人——という評価は、ある意味、正しいのだろう。

お祭りがないとき、父は大家さんの駐車場や知人の私有地を借り、たこ焼きを売っていた。

「はい、いらっしゃい。どうぞ！　お兄さん、いいときに来たね。ちょうど出来たてだよ」

威勢のよいかけ声につられ、多くの人が父の屋台に足を運んだ。

父が変わっているな、と思ったのは、その呼び声だった。お祭りのときは「いらっしゃい」だが、それ以外のときは、時間や人に合わせて、呼び声を変えることがあった。

駅やバス停に急ぐ人に対して、通勤時間なら「いってらっしゃい」、夕方以降であれば「お帰りなさい」。それに対して、「いってきます」、「ただいま」と答える人もいたけれど、普通の商売人は、そんな声がけをしなかったから、幼心にずっと疑問に思っていた。

サラリーマンの常連さんが多かったからだろうか。その中には、父の小中学時代の友人たちもいたのかもしれない。常連さんがビールを差し入れてくれたら、営業時間が過ぎても、店を閉めることはなく、たこ焼きをつまみに、一緒に飲んで帰るような人だった。

父がなかなか帰ってこないので、母に頼まれて父を呼びに行ったこともある。

「ったくよう、家族のために働いているっていうのに、小遣いが全然上がらないんだよ。一日五百円で昼飯食えって。自分はママ友を呼んで、高いランチ食べているってのに」

「会社の上司がもうあれこれうるさくて。こっちの都合も考えずにさあ」

その常連さんたちは、いつも愚痴《ぐち》をこぼし、辛気《しんき》くさいことばっかり言っていた。父は時間を気にせず、にこにこしながら話を聞いていた。

気持ちよく対応してあげたから、最後は皆、上機嫌になった。

「やっぱり、尊さんはいいよ」

「話を聞いてくれて楽になった。ありがとう！」

人の好い父は、そういう人たちが差し入れを持ってくると、逆にたこ焼きの代金をもらえず、たかだか三百五十円のビール一本と、一パック六百円のたこ焼きを交換していた。

「いいよ。ビールをもらったサービスだから」と。

三百五十円から六百円ひいたら赤字。いくらたこ焼きの原価が三割でも、経費や時間を考慮《こうりょ》したら利益は出ない。そんなこと、小学生でもわかる。

渚が問いつめても、

「たまにはいいじゃないか。喜んでもらえたんだから」

父はそう言って笑ったけれど、そういうことは、たまに、ではなかった。

お祭りのときは親方が目を光らせているので、こういったサービスをすることはなかったけれど、自分一人で切り盛りしているときは、困っている人がいれば、相談にのり、お腹がすいている人がいれば、たこ焼きだけではなく、うちにある食材を持ち帰らせたりもした。

それが父の仕事のやり方だと言われれば、仕方がないとは思った。

けれど、人の好い父は本当は家族と一緒に過ごすべき時間を――お客のために使ってしまっていた。

週に一度か二度の休みの日は、家でごろごろしているか、誰かに頼まれて、どこかに出かけているかのどちらかだった。前からの約束で海水浴場につれていってくれる日に、親方の用で呼ばれたり、常連客に頼まれて風呂場の修理や、引っ越しの手伝いにかり出されたりすることも一度や二度ではなかった。

父と結婚するために、家を勘当《かんどう》された母は、友人や知人のいない環境で、ずっと父の帰りを待っていた。母は父が娘を雑用係として使うことも、娘にテキヤの仕事を手伝わせることもいやがった。テキヤの仕事をさせたくない――というより、家庭における自分の話し相手を、奪われたくなかったのだと思う。

ただ、父からすると、家族がテキヤの仕事を手伝うのは当たり前の環境で育ったためか、ことあるごとに渚を呼び出した。

テキヤでよくあるのが、忘れ物だ。

お祭りに出向くたびに、父はなんらかの忘れ物をした。トラックに積み忘れたものを、数え切れないくらい渚が運んだ。

友達と遊んでいようが、習い事の時間だろうが、父の忘れ物を届けるのが最優先事項とされた。なんであんなに忘れるのだろうと憤《いきどお》っていたけれど、実際に自分が手伝ったときに理由が判明した。

土日や祝日などで、連日開催されるお祭りの場合、深夜まで働いて、ほとんど睡眠をとることなく、また早朝家を出る。普段ならリストを見て確認できることも、睡眠不足と疲労で意識朦朧《もうろう》としてしまうと、忘れてしまう。時間がなくて焦っているときはなおさらだ。

大事な食材を忘れることもよくあった。タコとキャベツを業務用冷蔵庫に入れっぱなしで、最寄りのスーパーで急遽《きゅうきょ》、買いそろえたこともあった。

お祭りの、ラッシュ時の現場は戦場だった。

日が落ちると、ひっきりなしに人がやってくる。夏場は独特の熱気で、冬場は身を切るような冷気。かわるがわる違う顔が店をのぞき、注文していく。

「いらっしゃい。はい、どうぞ」

「はい、たこ焼きひとつね。ありがとうございます。熱いんで、やけどしないように気をつけてね」

「おいしかったら、またきてね」

お客さんと会話を交わしながら、ひたすらたこ焼きを焼き続ける。

夏でも冬でも、火のそばにいると汗ばむのは変わらない。

じゅーっという音。食材が焼けるにおい。そして、絶えることのない注文の声。

バイトの子が見つからないときは、渚がピンチヒッターで呼ばれた。

最初の手伝いは、お金とり。それから焼き上がったたこ焼きをパックに詰めていく作業。段階をふんで、いつしかたこ焼きの焼き方を教わった。

接客はきらいではなかった。

お客が笑顔になるのを見るのは好きだった。

だけど、テキヤの人たちに囲まれているうちに、渚の口調が粗雑になり、母は眉《まゆ》をひそめるようになった。古くてごみごみとしたアパートに、父が拾ってきた動物が増えていくことも、その世話を任されることも、母はいやがった。

父の動きは読めなかった。

週末は家にいない。月曜は疲れて一日中寝ている。平日は仕入れやお祭りの準備。かと思えば、大家さんの駐車場で一日中、たこ焼きを焼く。珍しく家にいるかと思いきや、寄り合いに出かけたり、テキヤ仲間と仕入れに行ったり。

そういう生活の繰り返し。家族のためにくたくたになるまで働いていると言ったら聞こえがいいけれど、家族三人で過ごした時間は本当に数えるほどしかない。

そんな父親を持った人は、渚のクラスメートにはいなかった。

そして、いつしか父と母は、口をきかなくなっていた。そんな両親の姿を見て、自分は

——絶対にテキヤにならないと誓った。

父のたこ焼きは人を幸せにするかもしれない。父の接客は皆を笑顔にするかもしれない。だけど、一番身近な家族を、幸せにできないような人にはなりたくないと思った。

渚は手元のたこ焼きを確認する。

鉄板の上は、場所によって火力が違う。だから、まだ焼きが十分でないたこ焼きは、火力の強い穴のたこ焼きと移し替える。そうやってまんべんなく、同じ焼き色にする。

パックに八粒を入れ、ソースにマヨネーズ、青のりに鰹節《かつおぶし》。そこに紅生姜《べにしょうが》を添える。

「はいよ、お待ちどおさま！」

目の前に人がいたので、渡したら、受け取った静流は目をぱちくりさせた。

「あ、ごめん」

つい、お祭りのときを思い出して、やってしまった。

「いえ」

静流は信じられないという面持《おもも》ちで、パックの中のたこ焼きを見る。

「なに？」

「いや、すごいなって。いろんなバイトの人、見てきましたけど、渚さんの動き、尊さんのようでした。五年のブランクなんて感じられなかったです」

「褒《ほ》めすぎ」

「本当です。渚さんが練習すれば、すぐに尊さんのたこ焼きが焼けるんじゃないですか」

「お父さんのたこ焼きは……わたしにも無理だと思う」

「でも、瑛太さんが渚さんのたこ焼きが一番味が近いって言ってました」

どの口が言ったのだか――と、渚は自嘲《じちょう》する。

「渚さんのたこ焼きなら売れますよ。尊さんの娘さんのたこ焼きなら、食べたいってお客はいると思います」

「いいよ、慰めてくれなくても。わたしはお父さんみたいに焼けない。なにか足りないんだよね」

なぜ、あの父においしいたこ焼きが焼けるのだろうと思っていた。経験の年数なら絶対にかなわない。でも、天国と鬼束の話を聞いて、わかったことがある。

父のたこ焼きでなくても、売れるたこ焼きは生み出せるはずだ。

そう、父のようなたこ焼きが焼けないのなら、別のたこ焼きを作ればいいのだ。

「別のたこ焼きって。単価を上げるってこと話してましたけど」

「そう、たこ焼きの付加価値を上げたいの。お父さんのようなスピードで焼ける人は、ほかにいないから」

「高級食材を使うとかですか?」

「いや、そんなことをしたら、売れなかったときに余計に赤字になる。ああ、そうか。たこ焼きを焼かずに売るという手もあるのかもしれない」

「たこ焼きを焼かない？」

静流は目をぱちくりさせる。

「そう、たこ焼きを二千五百パック焼いて、売らないといけないって思うから、無理があったの」

「待ってください。こういう言い方はアレですけど、尊さんのたこ焼きより味が落ちているのに、値上げってよくないと思うんですけど」

「ターゲットをかえればいいんじゃないかな」

「ターゲット？」

渚は大きくうなずく。父の客層は大半が庶民《しょみん》だった。お祭りが好きで、父と同じくらいの収入の人間。安くて、楽しくて、美味《おい》しいものを求める人たち。

その人たちはお祭りがなければ集まらないかもしれないけれど、そうでない人たちはどうだろう。

「いっそのこと単価を三千円にしようと思うんだけど」

「なにいっているんですか」

「大丈夫。まかせて。ここからが本番だから」

渚は業務用スーパーの袋から中身をとりだした。

その日の夜。

「まだやっているか？」

瑛太の声に静流は屋台の前に設置したパイプ椅子《いす》から立ち上がる。

「いらっしゃい、瑛太さん」

配達を終えてきたところなのだろう。心なしかリラックスした様子だった。

「今晩はなににします？」

「チーズ入れてもらっていいかな？」

「はい」

店は相変わらずの閑古鳥《かんこどり》だけど、お客が来るのはありがたい。

静流は最後のお客のためにたこ焼きを焼く。

瑛太の目は渚の行方《ゆくえ》を追っている。屋台にもいない、裏のアパートも真っ暗ということは、どこに行ったのだろう——と考えている顔だ。

静流はそれに気づかないふりをして、熱した鉄板に生地を流し込む。

瑛太が通ってきているのは渚に会うためだということはわかっている。けれど、男女二人のことに口出ししてはいけない。それは亡き尊さんから耳に胼胝《たこ》ができるほど聞かされた。

「静流、その後、借金はどうなった？」

「どうもこうも……。ここだけの話、渚さんはお祭りをやるって意気込んでますけど」

「へえ、お祭り？」

瑛太は興味深そうな顔をした。

「内緒ですよ。おやじさんにばれるとまずいんで」

「具体的に何をするんだ？」

「わかりませんよ。教えてくれないんです。たこ焼きを売るターゲットをかえるとか言ってましたけど、自分にはさっぱり。渚さんには考えがあってのことだと思いますけど、まったく話してくれないんで。静流は普段通り、たこ焼き焼いていればいいからって」

「だろうな。気にすることないよ。あいつ、自分ではわかってないけど、昔から思い込みが激しいんだよ。まわりが見えていないっていうか、何かをやるとなったら、誰にも相談せず、自分で突っ走るところがある」

「そうなんですね」

「ま、一段落ついたら、そのうち、自分から言ってくるだろ」

「だといいんですけど。渚さん、お客がいないときに猛烈な勢いでたこ焼き焼いているんですよ。勘を取り戻すって言ってて」

「へえ、渚が」

「はい、お待ちどおさまです」

「お、サンキュ」

たこ焼きを受けとりつつも、瑛太は立ち去らない。普段ならすぐにスーパーの車に乗り込むというのに。駐車場の空き地の奥の照明が気になるのか、目をすがめ、そちらを見た。

「なんか人が集まっているけど、お客か？」

「ああ、鬼束さんの映画学校の友達とか知り合いとかです。これから撮影するそうで」

「撮影？」

「お祭りの宣伝動画だそうです。それでしばらく騒がしくなるからって、さっき渚さん、ご近所さんに挨拶《あいさつ》に行ったりしてたんですよね」

「へえ」

瑛太は興味深そうに、にっと笑った。

「やっと火がついたか」


「渚さーん、撮影の準備が整いました」

暗闇の中、鬼束が小声で渚に合図する。

渚は声を出さず、指で○を作る。

さすが本職の人たちは違う。

倉庫から引っ張り出してきた商品《ネタ》を並べ、ものの一時間で撮影用のセットを作りあげてしまった。駐車場の空き地は町内会の盆踊り大会並のスペースがある。街灯がなく、暗い場所だからこそ、漆黒《しっこく》の闇の中ではより広く見える。

提灯《ちょうちん》をともした場所はさながら夜市だ。

卒業映画の撮影ということで、大家さんから使用許可は下りた。

「渚さん、入口はあそこでいいですか？」

鬼束が確認する。

「そうだね。今、静流が片付けているたこ焼きの店のところからスタートして、時計回りで一周という感じかな」

「了解です」

渚は鬼束の背後にたむろしている浴衣《ゆかた》姿の男女に目をとめる。めいめい演出で使うお面を選んでいるところだった。

「あんなに役者の人たちに来てもらってよかったの？　お礼は払えないんだけど」

「全然大丈夫です。皆もやることがなくて、退屈していましたし。こっちも卒業制作の撮影も兼ねてやらせてもらいますんで。なんだかわくわくしますね」

「お化け屋敷――というわけにはいかないよ。住宅街だから、悲鳴があがるのはまずい」

「それはわかってます」

撮影するコースの打ち合わせをしているときだった。

「渚さん」

静流が息せき切ってかけてきた。

「あ、お店撤《ま》いた？」

撤くというのは、テキヤ用語で店を閉める、撤収するということ。

「はい、これからここに屋台を設置すればいいんですよね」

「そう。撮影に使いたいらしいの」

ばらした屋台を二人がかりで移動し、組み立てる。この作業はテキヤ経験のある人間がやったほうがはやい。

「お祭りの宣伝動画の撮影って言ってましたけど」

静流が小声で確認する。

「そう。昨日の今日ですごい展開だよね。鬼束が知っている人たちに声をかけたら、とんとん拍子ですすんだの。動画編集できる人が結構いるらしくて、本当に助かるよ。お祭りっぽいBGMもつけてもらって、宣伝したら、お客さんが来るんじゃないかって」

「まさかネットに公開するんですか？」

ひそひそ声で静流が訊いた。

「そのまさか」

「だめですよ。おやじさんの許可がないのは」

しーっと、渚は人差し指を立てる。

大声を上げるのはまずい。親方に極秘で進めなければならないのだから。

「そんな悠長《ゆうちょう》なこと言ってられる場合？　責任ならわたしがとるから大丈夫だって」

「咲良さんの話を忘れたんですか？」

「だからよ。咲良の家は制裁を受けたけど、わたしはどうせテキヤをやめる人間だもの。というか、もうやめた気分でいる。だから大丈夫。お祭りといっても、リアルに人が集まるお祭りにはしないから」

「人が集まらないお祭りだなんて――矛盾《むじゅん》してますよ。あ、ネットでＬＩＶＥ配信するってことですか？」

「そうじゃない。お客には来てもらうけど、普通のお祭りに来ない人をターゲットにする」

「意味がわからないです」

静流にはまだ話せない。

このお祭りのヒントは山下さんからもらった。

ちょうど昨日、その山下さんから電話があった。

「渚さん、突然お電話してしまって、すみません。メッセージを送ってもなかなか返事をいただけないので、大丈夫かなと」

山下さんの爽《さわ》やかな声は耳に心地よかった。

「申し訳ありません。バタバタしていまして」

おっとりとしたお嬢様の声なんて、しばらく出していなかったから、思い出すのに苦労した。早口になりそうなところをぐっとおさえる。

「そうですよね。そんな大変なときにすみません。どうしても──その……渚さんの声が聞きたくて」

そう言って、山下さんは笑った。目の前を猫たちが通っていく。皆、渚の態度が普段と違うな、という目でこちらを見ていた。

「あれからどうしているのか気になって。秘書にも、連絡をとらないと渚さんにふられるとつつかれました。大丈夫ですか？　寝られていますか」

「はい、ありがとうございます」

「今、横浜の別荘にお住まいなんですよね。住所を教えていただければ、差し入れなどお送りしますよ。渚さんさえよければ、僕が直接うかがっても──」

「いえ、とんでもないです」

渚はあわてて言った。

　こんなぼろアパートを見られるわけにはいかない。渚自身、ひどい顔をしている。着る服がないから、毎日Tシャツと短パン姿。ひっつめ髪ですっぴん。こんななりで山下さんと会えるはずもない。山下さんからもらった婚約指輪は、父の家にいる動物たちに傷つけられないように、母の家に置いてきてしまったし――。

「あ、すみません。あと五分で打ち合わせの時間だ。渚さん、次は七月十八日で大丈夫ですか？」

「はい、お忙しいときにありがとうございます。ぜひ。あの、一カ月ほど電話も、メッセージの返信も、遅れがちになってしまうんですけど、大丈夫ですか？　いろんな厄介事《やっかいごと》を片付けないといけないんです」

「厄介事ですか？」

「はい。今、いろいろ考えているところで」

　しばらくの沈黙の後、山下さんが言った。

「渚さん、落ち着いたら、お祭りにでも行きませんか？」

「お祭り……ですか？」

「こんなお誘い、今の渚さんに不謹慎《ふきんしん》かもしれないんですけど、渚さん、その昔、お祭りガールって呼ばれていたそうじゃないですか。お祭りがお好きなんですよね」

「でも山下さん、騒がしいところは苦手っておっしゃってませんでした？」

「苦手は苦手ですけど、一度は行ってみたいんですよ。渚さんとなら」

そう言って、山下さんは笑った。

ああ、そうか。山下さんは自分を元気づけようと、お祭りの話題を出してくれたのだ。

「できれば、静かで人がいないお祭りとかあればいいんですけどね」

「それって――」

山下さんの言葉に、渚ははっとする。

「お祭りらしくないですよね。でも、お祭りガールと呼ばれた渚さんなら、そういうお祭りを探せるんじゃないかと思って」

「山下さんは静かなところがいいんですね」

渚は山下さんに確認した。

「ええ、二人きりになれて、静かなところで、知っている人がいない場所がいいですね。会社の部下や知り合いに会って、変に噂《うわさ》されたくないですしね。多少お金を払っても、プライバシーが確保できる場所がいいですね」

そうだ。そういう視点があった。普通、お祭りが好きな人なら、人が大勢いて、賑《にぎ》やかな場所を好む。けれど、そうでない人も一定数いる。

彼女と二人きりになりたい人、少人数で楽しみたい人もいるだろうし、貸し切りで撮影したい人もいるかもしれない。

「山下さん、もし、暗くて、静かで、二人だけのお祭りというのがあったら――」

「そういうのがあったらぜひ行ってみたいですね」

山下さんはおもしろそうに笑った。

「ま、コロナ禍《か》のご時世、お祭りっていうのは難しいとは思いますけど。渚さん、もしかしてなにか企画しているんですか？」

「いえ、そういうわけでは……」

山下さんは電話を切る前に言った。

「なんでしょうね。僕の勘なんですけど、渚さんはやっぱりどこか、普通のお嬢様ではない気がします」

第四章

「知る人ぞ知る、とある高台のあやかし祭り。六月二十八日スタート」

突如、あらわれた不思議なサイト。

その情報と動画をSNSで呟《つぶや》いたのは、一人のYouTuberだった。

お祭りのお囃子《はやし》をBGMに、黒い画面に文字が躍る。

――コロナ禍《か》だからこそ送る、あなたと大切な人のためのお祭り
――あやかしたちがあなたに招待状を送ります
――どこにも行けない今だからこそ、二人だけのお祭りを経験しませんか？

「なにこれ」

その呟きはたちまち、SNSで拡散された。

RT、いいねの数が二桁《けた》から、三桁になり、四桁になっていく。

「意外にも――評判は上々です」

仏壇《ぶつだん》の間で、タブレットを確認しながら鬼束《おにづか》は渚《なぎさ》に言った。

「みたいだね」

渚は自分のスマホで確認する。

天国《あまくに》と鬼束の話を聞いたときに思いついた。ネット上でお祭りを仕掛けてみてはどうだろうか――と。自粛《じしゅく》が求められ、閉塞《へいそく》感があるときだからこそ、心が浮き立つようなイベントがあれば、心引かれるのではないかと。

「この時期にお祭りをやるって一方的に叩かれるかと思いましたが、意外と賛成多数です」

あやかし祭りのサイトでは、まだ具体的な日程やお祭り情報は出ていない。お祭りのお囃子や、過去のお祭り動画を紹介するだけにとどまっている。

本当の仕掛けは、そこに設《もう》けられた掲示板とコンタクトフォームだ。

コロナ禍で会えなくなった恋人たち、友人たち、会う場所に困っている人たち、そして誰にも知られずに、二人だけで会いたい人たちを助けたい。

そういう望みを抱いている人がいたら、連絡先を教えてくれれば――横浜《よこはま》近郊在住であれば、あやかし祭りの有料招待状を送る。

もっともそんな話を本気にする人は少ないかもしれない。普通の人なら警戒するだろう。

だから、最初は鬼束の知人のＹｏｕＴｕｂｅｒにサクラとして参加してもらい、その模様をSNSで呟いてもらう。

もちろん、あやかし祭りに来るお客も、知らない人よりは知っている人のほうが安心できる。だからこそ、知り合いに声をかけまくった。

鬼束が卒業制作でホラー映画を撮っていると聞いて、その設定をそっくりもらってしまえばいいと思った。衣装も演出も、なにもかも準備しているのであれば、余計な出費が必要ない。お祭り用の浴衣《ゆかた》すら、貸してもらえる算段がついた。

そして山下《やました》さんの話を聞いて、思いついた。お祭りに行きたくても、人混みが嫌いな人はいる。プライバシー保護のため、お祭りに行きたくても行けない人がいる。

コロナ禍の今は、密な場所は厳禁だ。

だとしたらコロナ禍にあわせて、極めて少人数制のお祭りを作ってみてはどうだろうか。お祭りの露店の道具は、アパートの倉庫にそろっている。衛生上の問題があるし、保健所の許可をとる必要があるから、たこ焼き以外の食品を出すわけにはいかないけれど、倉庫にある商品《ネタ》を並べるだけで、お祭りっぽい雰囲気《ふんいき》を出すことはできる。

お祭りが開催される時間は夜の六時半から十時までの三時間半。

三十分ごとに一組のお客を案内すれば、七組のお客を案内できる。

完全予約の前払い制。一組につき二名から四名まで参加でき、二名の参加費用は六千円。一名増えるごとにプラス三千円。参加者一人につき、もれなくたこ焼き一パックがお土産《みやげ》でもらえる。

たこ焼き代で一人三千円となると高いけれど、最寄り駅までの送迎がつき、車内で少人数で話ができ、さらに浴衣の着付けサービスがあり、お祭りを経験できるとなると、高くはないと思う人も出てくるはずだ。

ある程度金額を高く設定することで、冷やかしなどの質の悪いお客を除くことができる。催行《さいこう》最小人数でも、毎日七組の予約が確実に埋まれば、二十日で百万円の売り上げに達する。ギリギリだけれど、百万円を稼《かせ》ぐ希望が出てきた。

ルートは深夜、鬼束たちと念入りにリサーチした。

暗闇の中、住宅街の坂道をゆったりのぼっていくと、そこに駐車場として使われている空き地――あやかし祭りの会場がある。

そこにはあやかしの面をつけ、コスプレをした鬼束の友人の役者の卵たちが待っている。

コロナ対策と騒音対策は万全にする。

まず少人数制だとよほどのことでないと騒ぐ人はない。

また、大声を出すと、あやかしたちがいやがり、祭りが開催できなくなる――というコンセプトにすると、皆、理解して協力してくれるはずだ。

役者の卵たちとのうちあわせは鬼束がすべて担当してくれた。

「渚さん、あやかし祭り前夜祭まで準備時間はあと三日しかないですけど、たこ焼きの容器の準備はできているんですか？　宣伝動画にも使いたいんですけど」

「まかせといて。ちゃんと可愛《かわい》いの仕入れておいたから」

　渚はお弁当箱のような形の容器を鬼束に見せる。

　サトウキビから糖分を搾《しぼ》り取った残渣《ざんさ》——バガスで作ったフードパックだ。

「今はプラスチックはいやがられるから。ちゃんとエコな容器を用意したよ」

「結構お値段しますよね」

「一パック四十円くらいかな。でも作りはしっかりしているし、透明より、こっちのほうがいいかなって」

「いいですね。確かにこっちのほうが開けたときの楽しみがある」

　鬼束はニキビ顔でにやりと笑った。

「宣伝動画には中身は撮《うつ》さないでよ」

「もちろんです」

　楽しいことをはじめると、人は蘇《よみがえ》る。楽しいことをやっていると、人が集まってくる。

　親方やテキヤ仲間に内緒で——というところで、団結力が高まる。

「渚さん、いいアイディアだとおもいますけど、夜の三時間半に限定しなくてもいいんじゃないですか？　もっと時間帯をのばしたほうが人が集まりますよね」

　屋台の設営が終わった静流《しずる》が渚に言った。

「三時間半のみ、というのを売りにしたいの。この時間が夜のお祭りにちょうどいいと思う。もちろんおやじさんの目があるから、昼間も店は開けておくけど、日中なんてどれだけ店を開けても人が集まるとは思わない。集まってもらっても熱中症にさせてしまったら、こっちの責任になる。協力してくれる皆の拘束《こうそく》時間も極力減らしたいしね」

「なるほど。じゃあ、夜は渚さんに任せて、自分は昼間、普通に店を開けていればいいんですね」

「そういうこと」

「渚さん」

静流に続き、頭にとげとげのついたバンダナを巻いた天国が声をかけてくる。暑さで食が落ちた彼の外見はますます貧乏神《びんぼうがみ》感が漂ってきたが、目は生き生きしている。

「新しい動画ができたんで確認してもらえますか？　あと招待客専用サイトを作ったんでそちらも」

「わかった」

渚はPCの画面をのぞきこむ。詳しいことはわからないが、プロ顔負けのできばえだ。

「ちょっと暗いけど、いい感じだね。イラスト入れられる？」

「フリー素材でよければ」

「こういうのって普通、すごいお金かかるんだよね」

「普通だったら、最低でも四、五万円はとりますけど、尊《たける》さんへの恩もありますし。好きにやらせてもらっていいんなら、今回は無償でいいです」

「マジで？」

「今回だけです。ついでにインスタ、Ｔｗｉｔｔｅｒ、Ｆａｃｅｂｏｏｋのアカウントもとりますね。で、毎日情報を更新していけばいいですよね」

「そうだけど、やってくれるの？」

「そのくらいやりますよ。どうせ暇なんで」

それだけ手間と労力がかかることを無償でやるから貧乏神に降格したんじゃないの――という声を渚はぐっとおさえる。天国は思った以上に使えるやつなのかもしれない。彼のやる気をそいではだめだ。

鬼束の人脈もすごかった。テキヤの人たちとの交流こそ少ないけれど、有名ＹｏｕＴｕｂｅｒやブロガーたちとつながっていた。

鬼束は知り合いのＹｏｕＴｕｂｅｒからもらったというノベルティグッズのＴシャツを日替わりで着ている。その世界にそれほど詳しくない渚でも知っている有名人のものもあった。どれも猫の毛まみれにしてしまっていたけれど。

これだけ人脈があれば、テキヤサイトを作ろうと思うはずだ。咲良《さくら》への助言にしても、テキヤサイトにしても、親方が止めなかったら、どれだけ成功していたことだろう。

天国と鬼束の仕掛けは見事にはまった。天国はあやかしの面をつけた役者たちの画像や動画を更新していき、鬼束の知り合いたちが自分たちのSNSやブログで取り上げ、宣伝する。

天国の更新頻度《ひんど》と皆の協力のおかげで、あやかし祭りのアクセス数は増え続け、SNSでもあやかし祭りというタグで呟くコメントが増えていった。

「めっちゃ気になる」

「ナニコレ、どこでやってんの？」

「お祭り行きたい。ここに行くにはどうしたらいいの？」

もちろん、好意的な呟きだけではない。

「コロナのときに祭りなんて馬鹿がやることだ」

「あやしすぎる」

「感染拡大させるつもりなのか」

といった批判ももちろんあった。

こんな状況でどれだけお客が集まるかは未知数だ。問い合わせはいくつかあったが、あやかし祭り二日前になっても、正規の予約は入っていない。

呟きにもサイトのどこにも、テキヤのことは書いていない。検索されるとまずいものは一切のせなかった。だからこそ、すべてが謎に包まれていて、あやしさ満載だ。ただ有名

ＹｏｕＴｕｂｅｒやブロガーが呟いているので、かろうじて信用してもらっている。

しかし、どんどん増えていくアクセス数を見た静流は真っ青になった。

「渚さん、まずいですよ。これはさすがにやばいです。ここまで大きくなると――」

静流はうろたえた。

それも当然。これまでうちの親方のところでやってはいけないと言われていることを、すべてやろうとしているのだから。

「大丈夫だよ」

「本当に大丈夫ですか？」

「新しいことやるのにリスクはつきもの。静流は普通の営業時間にたこ焼き売っているだけでしょう？　あやかし祭りは静流の知らないところで、わたしが勝手にやったってことにすればいい」

「万が一おやじさんに知られたら……」

「だからおやじさんに知られる前にがんがん売り上げておかないといけないんじゃないの」

見つかったらただではすまないのは覚悟の上だ。

だけど、祖父母世代の親方たちと妥協点《だきょうてん》を見出《みいだ》すのは、ほとんど不可能だ。相談して、許可の返事を待っていたら、なにもできずに終わってしまう。

最近の若者は――と不平不満ばかり言われるけれど、最近の若者にしかできないことはある。できる限りのＳＮＳのツールを使い、動画でも宣伝する。

令和二年の今は、一人一人に電話をかけて営業する時代ではない。一人一人にチラシを配る時世でもない。ＨＰや動画は素人《しろうと》でも簡単に、手軽に作れる時代だ。そして情報は国内外に一瞬で配信できる。

コロナのご時世にどこまで人が集まってくれるかわからない。

だけど、鉄則がある。

おもしろいことをしているところ、楽しいところに、人は必ず集まる。

ひきこもってしまった天照大御神《あまてらすおおみかみ》だって、天宇受賣命《あめのうずめ》が裸踊りをはじめ、皆が盛り上がったら、気になって、天岩戸《あめのいわと》から出てきたのだから。


――一度かぎりのお祭りにようこそ。×時にお迎えにあがります。


招待客専用のサイトも完成した。

鬼束は渚に言った。

「あとは渚さんのたこ焼きです。そっちはどうなんですか？」

「任せといて」

＊＊＊

「なんですか、これ……」

静流は目を見開き、鉄板の上を見つめる。絵の具を流し込んだような、ぐちゃぐちゃの色彩の上に渚は具材を投入していく。

「一度、やってみたかったんだよね」

渚はほくそ笑む。親方にも、父にも猛反対されたたこ焼きだ。

こんなグロテスクなもの売れるはずがないと叱責された。けれど、どこかの層には刺さるはずだという確信があった。こんなたこ焼き見たことがない。そう言われたかった。

生地を入れたボウルの中には、それぞれ赤、黄、青の食紅《しょくべに》を入れた。それを鉄板の上に流しこみ、あとは普段通りのたこ焼きの具材を入れて焼く。

「これが……たこ焼きなんですか？」

静流が言った。

「味はかわらないと思うよ。あやかし祭り用の限定たこ焼き」

一度、作ってみたかった。既成概念《きせいがいねん》をぶち壊す、皆がわくわくするようなたこ焼きを。

ターゲットはそう、渚と同じくらいの年代で、インスタ映えを狙う層。同じようなたこ焼きをネットで作っている人がいたので、参考にさせてもらった。

やっているうちにだんだん遊び心に火がついた。

あやかし――というモチーフなら、普通のたこ焼きにこだわる必要はない。

赤、黄、青の原色で焼いてもいいし、それらの色を一緒に流してマーブル模様を作ってもいい。色鮮やかな紫キャベツを投入すると、まるで夜空に浮かぶ惑星のように見える。

青色は食欲を減退させる色ではあるのだけれど、食べてみたい――と思う人もいるはずだ。もちろん、同じ色は一つとしてない。

「どう？　食べてみて」

渚にすすめられ、青紫色の一粒を口にした静流は、考え込んだ。

「まずくは……ないです」

「おいしくない？」

「おいしくない……こともないんですが、見た目が見た目なんで。でも、ちょっともっちりしてますね。この食感の正体はなんなんですか？」

静流に訊かれ、渚はパッケージに入った粉を見せる。それを見た静流は目を丸くした。

「タピオカ粉ですか？」

「そう」

渚はうなずく。

天国が愛飲しているタピオカドリンクを見て、思い出した。

ここ数年タピオカドリンクが流行し、定着してきたが、その前にタピオカ粉を使った商品が流行した。十年以上前のことだから、静流は記憶にないかもしれない。

「わたしが小学生の頃、タピオカ粉で作った白いたい焼きっていうのが流行《はや》ったの。流行は一過性のものだったけど、そのとき、同じようにタピオカ粉でたこ焼きを作ってみたらどうかなって、お父さんに言ったことがあるの」

「タピオカ粉で……たこ焼きですか」

「小麦粉より原価は高くなるけど、絶対に受けると思った。タピオカ粉の一番の特性は、冷めても味が落ちにくいこと。お父さんに反対されて、試作することもできなかったんだけど、どうしてもやってみたかったの」

渚はネットで料理サイトを検索し、静流に見せる。

家庭用のたこ焼き機で、タピオカ粉でたこ焼きを作る人はちらほらいるが、業務用のたこ焼き機で作った人は見当たらない。

「パティスリーで修業をしたとき、ボロ・デ・アイピンを食べたの」

「ボロ……何ですか?」

「ブラジルのスイーツなんだけど、直訳するとアイピンのケーキ。アイピンって、タピオカの原料となるキャッサバ芋《いも》なのよ」

　タピオカはキャッサバ芋の根茎《こんけい》から製造した澱粉《でんぷん》である。

「キャッサバは南米、北ブラジルが原産地で、タピオカという名前自体、ブラジルの先住民の用語っていう説もあるくらいなの。で、調べていったらブラジルにはタピオカ粉を使ったスイーツが結構あることがわかったの。しかもたこ焼きに似ている形のものがある」

「なんですか、それ」

「ポン・デ・ケイジョっていうの。直訳するとチーズパンらしいんだけど、ちょっと待ってね」

　渚はスマホの写真を静流に見せる。

「これって……」

　ころころした球形の食べ物。色はクリーム色で、トッピングはかかっていない。

「ポン・デ・ケイジョには卵とチーズを使うから、この色になるらしいんだけど、たこ焼きっぽくない？」

「っぽいです」

「でしょ？」

「……渚さん、パティシエ修業をしても、たこ焼きのことを考えていたんですか」

　静流が感心したように渚に言った。

「考える暇もなく、コロナで閉店したけど」

「ああ、そうでしたね」

「どこの業界も同じで、新人が上の人に新メニューを提案できる環境じゃなかったけれど、いつかはタピオカ粉のたこ焼きを作ってみたいとは思っていたの。タピオカ粉なら、小麦アレルギーの人でも食べられるし、グルテンフリーだから美容と健康に気を遣っている女性受けするかなと思って」

「いや、すみません。渚さんのことを誤解していました。ちゃんとテキヤのことを考えていたんだなって」

「だから考えてないって。たこ焼きの可能性を考えるのは好きだったけどね。ホットケーキミックスで焼くとか、チョコバナナを入れるとか。まあ、タコが入っていない段階で、たこ焼きじゃなくなっちゃうから、お父さんには反対されたけど」

だけど、あやかし祭りであるなら、普通ではないたこ焼きを出せる機会かもしれない。

焼き上がった大粒のたこ焼きの上に、チョコレートペンで瞳を描いた白いマーブルチョコレートをのせ、目玉おばけをつくってみてもいい。熱々のたこ焼きの上にチョコレートをのせると溶けてしまうけれど、あらかた冷めたものなら大丈夫だ。

鰹節《かつおぶし》の上に、お化け型の海苔《のり》パンチでくりぬいて作った、黒いミニお化けたちを散らしてもいい。

（めちゃくちゃ可愛《かわい》いじゃん）

こんな手間暇は、実際のお祭りのラッシュ時にはかけられない。だけど、今は別だ。これを見たとき、お客はどんな顔をするだろう。そう思うと、胸がはずんだ。想像力を自由にいかせられるのは楽しい。可愛くて、楽しくて、味も悪くない――。

「女子受けはしそうですね」

そう言いつつ、静流はあまり気乗りしないようだ。

「男性にも可愛いものとか、目新しいものが好きな人いるからね。そういうの好きそうな人なら、受けると思う」

静流は容器の中のたこ焼きを見て、考え込んだ。

「渚さん、これってもしかして、尊さんの裏メニュー……と関係がありますか？」

「裏メニュー？」

「あ、いえ……その……。特別なたこ焼きがあるって聞いたんです。ほかのテキヤの人にも聞いたんですけど、尊さんのところで昔馬鹿売れしたたこ焼きらしいんです」

「知らないな。物心ついた頃から、うちは普通のたこ焼きしか作ってなかったと思うし」

「そうなんですか」

「何年か前にお父さんのたこ焼きを食べると幸せになる――とかいう伝説が流行ったことがあったけど、そのときに勝手に噂《うわさ》になったんじゃないかな。売っていたのは、本当に普通のたこ焼きだったよ」

「そうなんですね」

静流はがっかりしたような表情を見せた。

「その裏メニューがどうかしたの？」

「いえ、なんでもありません」

静流はごまかすように笑った。


「あなたが見たものは、心に秘めておいてください。あやかし祭り、某所《ぼうしょ》でついに開催」


特設サイトに文字が流れる。

いよいよ今日は前夜祭。

あやかし祭りの予約はぽつりぽつりと入るようになった。といっても、全員が知り合いだったり、知り合いの知り合いだったりするのだけれど。

瑛太に啖呵《たんか》きってから四日。静流はたこ焼き作りに精を出していたけれど、普通のたこ焼きの売り上げはほとんど変わらない。

様子を見にきた若い衆がさっさと諦めて、親方に詫《わ》びを入れるようにと言ってきた。親方と交渉すれば、借金の額を減らしてもらえる可能性もあるし、静流はじめ三人が親方と和解できる可能性もあった。

「渚ちゃんも意地はっても無駄なのはわかっているだろう？」

「こんなときにたこ焼きだけで、百万なんて絶対無理なんだから」

「おやじさんににらまれて、たこ焼きすら焼けなくなったら、どうする」

なにを言われても平気だった。脅しに屈することはない。

泥船に乗って沈みかけているときに、泥船に乗っている自覚もなく、ただ黙ってなにもしない人より、自分たちのほうがこの先、やっていける自信があった。

それに皆から無理と言われると、逆にやってやろうじゃないか、という気になる。

夕方、待機している皆のために台所で夜食を作っていると、鬼束がやってきた。

「おはようございます。仲間たちは公園で最終リハーサルをした後、六時にはアパートに待機できるようにします」

「ありがとう、助かる」

「皆はりきっているんですよ」

「鬼束、今日って授業の日じゃなかった？」

「ああ、あとで動画見て確認するんで、大丈夫です。なんか最近、授業がつまらなくて」

「そうなの？」

「ずっとオンライン授業なら、実家にいてもよかったくらいですよ。実家に帰ったら、確実に村八分にあうんで、帰れないですけどね。結構田舎《いなか》なんで」

鬼束は軽くのびをした。

「親に学費出してもらったんで、卒業はしますけど。なんかある意味、親の助言っていうのも、あてにならないんだなあって。大学に行ったら楽しいことがあるとか、大学に行くといい就職先が見つかるとか、一体誰の幻想だったんだって思います。人生ってわからないですよね。頼りにしていた尊さんは死んじゃうし、彼女にはふられるし。毎日、つまらないなとか思っていたんですけど。久しぶりにこうやって誰かとなにかをするっていいですね。やりたいことが見つかった気がします」

「そっか」

「でも渚さん、皆が聞いていたんですが、お祭りの送迎ってどうするんですか？」

「ああ」

そういえば、説明し忘れていた――と渚は頭をかく。

いろいろやることが多すぎて、皆に連絡できていないことが多い。

「仲間うちに免許持っている人間はいるんですけど、持っている車がしょぼいんで。レンタカーとかでもいいなら用意できるんですけど、予算かかっちゃいますよね。せっかくここまで非日常を演出したのなら、こだわりたいんですけど」

鬼束がやる気になって、細かいところまで気を配ってくれるようになったのが本当にありがたい。

「そこは心配いらないよ。ちゃんとプロの運転手を用意したから」

「プロ？」

スマホに着信があり、渚はアパートの裏に出る。そこに黒塗りのベンツがとまっていた。平和な住宅街に不釣り合いな黒いスーツ姿の青年がスマホを持っている。

アパートから出てくる渚に気づくと、彼は駆け寄り、一礼した。

「渚お嬢様、ご無沙汰《ぶさた》いたしております」

「鏑木《かぶらき》、遅かったね」

「申し訳ありません。首都高が渋滞で。渚お嬢様、どうなさったんですか、そのお姿は。すっぴんで、Tシャツにデニム姿の渚を、彼は一度も見たことがなかったに違いない。それに――ここは……」

「ちょうどよかった。七月十八日までお前を使いたいの」

渚はにっこり笑った。お嬢様にはお嬢様の武器がある。

「使いたいって……。呼び出されたのは葬儀のお手伝いではなかったのですか？」

「それはお前を呼び出す口実。実は今やっている企画があって――詳細は後で話すけど、送迎を手伝ってほしいの。拘束《こうそく》時間は夜六時から十時半までの四時間半。駅前からここまで来るお客の往復送迎をやってちょうだい」

「そんな急に……。それは僕の勤務内容に入っていません」

「そうなの？　おばあさまには好きに使っていいと言われているんだけど」

「いえ、困ります」

「ねえ、鏑木、コロナでお前の給金は下がってないわよね。わたしにもまったく連絡してこないで、毎日なにをしていたの。だいたい、山下さんと会っていたあの日、どうしてお前がホテルの駐車場にいなかったの」

「それは――」

　鏑木は目を白黒させる。

「お前があのとき駐車場でちゃんと待機していれば、こんなことになっていなかったのよ」

あの時間、鏑木が休憩時間だったのは知っている。理不尽は承知の上。彼を落とすには、この手しかない。

　渚は鏑木に訴えかける。

そうだ。竹《たけ》さんに連れられて実家に戻ってしまったから、この騒動に巻き込まれた。

鏑木がいれば、実家に戻ったとしても泊まることなく、母の家に帰れていた。

「コロナで外出が減って、お前はずいぶん楽していたでしょう。わたしを待っている間、彼女とデートしたり、電話で話したりしているの、知っているのよ。今日だって首都高が渋滞じゃなくて、彼女と一緒にいたんでしょ?」

「え」

鏑木はたじたじとなった。

テキヤに戻った今なら強く言える。彼は中途半端なお嬢様であった渚を舐《な》めきっていた。

だけど、モデルのような彼の容姿は、あやかし祭りでは使える。

「お前の勤務態度をおばあさまに報告したら、どうなるかしら。このご時世、再就職はなかなか難しいんじゃないかしら」

「そ……それは……」

「わたしはお前をくびにしたくないの。だから三週間だけ、手伝ってほしい。うちの人には、葬儀関連の送迎で忙しいとでも言っておけばいいわ」

「僕が依頼されたのは渚お嬢様の送迎で、お嬢様以外の人を乗せるなど――」

「全部、わたしの大事な友人だと思えばいいじゃない。その人たちを楽しませるのがお前の仕事。それならできるでしょう?」

「できますが」

「よろしい。段取りはあとで説明するから」

「お嬢様、あの……」

鏑木はおずおずと言った。

「なに？」

「一週間ほどお目にかかっていない間にずいぶん変わられましたね。もしかしてそれが地だったりしますか？」

渚は笑った。

「かもね。三週間後にはちゃんともとに戻すから。今だけつきあってちょうだい」


お祭りの準備は、総じて楽しい。

その気持ちを忘れていた。

どんなことをすればお客が喜んでくれるだろう。こんなことをしたらお客が喜ぶのではないだろうか——そう思うと、体が自然に動く。

アパートの空き部屋を楽屋にして、役者の卵たちが着付けをする。

「渚さん、この浴衣《ゆかた》、どうです？　メイクも様になっていますよね」

「いいね。似合っているよ。でもこんなにガチでやってもらっていいの？　謝礼も払えないのに」

「いいですよ。三週間だけなんで。尊さんにお世話になりましたし」

「お父さんに？」

「お腹すかせたとき、たこ焼き結構食べさせてもらったんですよね。その恩があるんで」

「そうなんだ」

「あのたこ焼き、もう一度、食べてみたかったなって思います。めちゃくちゃうまかった。二度と食べられないと思ったら——無性になつかしくなるんですよね」

「わかるよ」

「渚さん、消毒液買ってきました」

静流の声に渚は応える。

「今行く」

お客が集まるなら、これまで以上にコロナ対策をしっかりしないといけない。

屋台の屋根から、新調した抗菌ＰＶＣフィルムをたらす。アルコール消毒スプレーも業務用スーパーで補充した。ソーシャル・ディスタンスを保つため、アスファルトの上にチョークで二メートル間隔の線を引いた。

青いビニールプールには色とりどりの水風船が涼しげに浮かんでいる。

渚がたこ焼きを焼いている間、皆で水風船にゴム糸をつけ、こよりを巻いて釣り針を作った。倉庫の中でほこりをかぶっていた商品《ネタ》を出し、きれいに拭いて並べる。

自分でチョコバナナを作れるコーナーに、金魚すくい。輪なげにスーパーボール。射的の玩具《チャモ》の準備も万端だ。

「運転手は大丈夫でしょうか」

鬼束が渚に訊いた。

「まあ、見てくれだけはいいから、どうにかなるんじゃないかな」

鏑木には普段のスーツ姿のまま、サングラスをかけさせた。

今は鬼束が書いた台本を、車の中で暗記している。

あれでもプロの運転手だから、運転でへまをすることはないだろう。女性へのエスコートは完璧《かんぺき》にできる。そこは心配していない。


「お客が到着します。テンバリ上げてください」

六時二十分になり、なつかしい言葉を、静流が言った。普通はお祭りの世話人が言う言葉だ。

テンバリ――屋台の屋根を上げると、お祭りがスタートする。

鬼束の仲間は手に提灯《ちょうちん》を持ち、アパートを出て、駐車場に待機する。

「うわあ、すごい。本当にお祭りなんだ」

前夜祭。最初に到着したお客は鬼束の知人のＹｏｕＴｕｂｅｒのグループだった。三人とも顔にきつね面をつけている。会場に到着する前に車の中で好きな面を選んでもらうよう、鏑木に指示した。ちゃんと役割を果たしてくれたようだ。

あやかし祭りのグループＬＩＮＥ、鏑木から「任務完了」のメッセージが入っていた。

その彼は次のお客の出迎えのため、次の待ち合わせ場所に移動した。彼は連日、会場との七回の往復をおこなうことになっている。

あやかし祭りのコンセプトは「あなただけの夏祭り」。

「あやかし祭りへ、ようこそお越しくださいました」

受付にいる鬼束の仲間――役者の卵たちもまたきつね面をかぶっている。

車に乗る前に、検温と消毒をしてもらったが、ここでもあらためてお客に消毒をしてもらう。

「お客様、今宵《こよい》はたいへん星空が美しゅうございます。しばしの間、星明かりの下、俗世から離れた空間で、あやかしのお祭りをお楽しみください」

役者の卵たちは決められた台詞《せりふ》を話す。

中には有名なテーマパークのキャストとして働いた経験がある人もいて、さすがにうまい。

「あまり騒がしくなさると、あやかしたちが逃げてしまい、この場所でお祭りを開催できなくなってしまいます。どうかお静かにお楽しみください」

「あの、撮影してもいいですよね」

「もちろんです。ただ公開は七月十八日以降にしていただけると助かります。場所を特定されると、お祭りが開催できなくなりますので。感想はハッシュタグつけて、呟《つぶや》いていただけるとうれしいです」

「わかりました」

ＹｏｕＴｕｂｅｒたちは手慣れた様子で撮影の準備をはじめた。

近所の人たちには学生たちによる映画の撮影だと説明しているから、不審に思われることはないだろう。もっとも、この空き地は夜になると完全に人通りがなくなるから、よっぽどのことがない限り、通行人をおそれる必要はない。

騒がしいお祭りができないからこそ、お客に三十分ほどの夏祭りを楽しんでもらう。

提灯をもったきつね面の男性に誘導され、お客たちは夏祭りの会場へ移動する。

「足下にお気をつけください」

きつね面の男性は、先頭を歩く女性の手をとって歩く。感染防止のため、手には手袋をはめている。

「一度迷うと、二度と戻れなくなりますから。決してわたしの手を離さないでください」

女性客たちの案内を、一番の美声の男性に任せたのは正解だった。お客たちは胸をときめかせている。

わずかな灯りを頼りに、木々が茂る間を通っていく。実際そこまで広い場所ではないのだが、そこはまるで山奥の神社に向かうかのようなセットになっている。

　あちらこちらに配置された風車が夜風に揺れる。木々の間にはあやかしたちが待っていて、お客が来る一瞬前に、灯りをともす仕掛けになっている。

「よかったらどうぞ」と、ポイやこよりを手渡し、金魚すくいや、水風船つりに誘う。

「ご自由にお楽しみください」

　もちろん、金魚すくいや水風船つりにかかる費用は三千円に含まれている。何度でも遊ぶことができるし、そこで獲得したものはすべて持ち帰ることができる。

「お姉さんたち、射的やっていきませんか？」

「冷やしキュウリはいかがですか？」

「ご自分でチョコバナナ作れますよ」

　次々にあらわれるあやかしたちに、お客は目をまるくする。

「え、これ、うちらだけなんだ」

「マジすごくない？」

　露店はいくつか用意した。

　入口から出口へと続くルートは一方通行なので、戻ることはできない。

　ふりかえったときに通過した屋台は見えない。照明が消されているからだ。通りかかった近所の人に見咎《みとが》められないように。それと照明の節約も兼ねて。

最後の屋台がたこ焼きだ。

お客たちが入口を通過して十分を経過した頃を見計らい、渚はたこ焼きを焼きはじめる。顔出しはできないため、お面をつけたまま、たこ焼きを焼かないといけない。蒸し暑いけれど、ここが正念場。おいしいものを提供できないと、お祭りの印象が悪くなる。

お客たちのひそひそ声が聞こえた。

「案内役のきつねさんはいつからここで働いているんですか?」

「太古《たいこ》からです」

「お祭りの前はどこでなにをしていたんですか?」

「とある——美しい女性の心の中におりました」

「その方は?」

「さあ、どこで何をしているのやら。その方が見つからなかったら、あなた様の心の中に棲《す》まわせてもらってもよろしいでしょうか」

ホストクラブでバイトをしていた経歴があるだけあって、案内役のきつね面はちゃらい。けれど、それが女性客には響いているようだ。

案内役のきつね面がお客たちを渚の目の前につれてきた。

「大変名残《なごり》惜しいのですが、お迎えの車が参りました。最後に——よろしかったら、お土産《みやげ》をご用意しましたのでお持ちください。焼き上がるまでの間、どうかご試食をお楽しみください」

　屋台を見て、お客たちは小さく歓声をあげる。

「たこ焼き？」

「すごい本格的」

　お客たちはスマホやカメラで渚を撮影しはじめた。

「あやかし祭りのたこ焼きは、ほかとは違うんですよ。どんなたこ焼きかは――あとで見てのお楽しみです。召し上がる際には、この夜のこと――そしてわたしのことを、ぜひ思い出していただきたいのです」

　きつね面が巧みなトークで盛り上げる。

　たこ焼きの屋台の脇に、即席のベンチをしつらえた。

　迎えの車がくる間、そこに座ってたこ焼きを食べてもらってもいいし、好きに過ごしてもらってもいい。

　空を見上げれば、美しい星空が見える。

　天気に恵まれて本当によかった。

　きつね面はお客たちに言った。

「お嬢様方、今宵はあやかし祭りにお越しいただきまして、誠にありがとうございます。お別れの時間でございます」

前夜祭のお客は五組。宣伝を兼ねて、お金はとらなかった。

それを悪いと思ったのか、話の種にと思ったのか、皆はたこ焼きを買っていった。その日、たこ焼きの売り上げが合計二十パックもあった。

ここ一週間、一度もなかった二桁《けた》の売り上げだ。

少なくとも女性受けはするはずだった。

きつね面の案内役はイケボだし、運転手の鏑木はモデル並みの容姿なのだから。

帰りの車内で、鏑木に感想動画を撮ってもらった。

「よろしかったら感想を一言うかがえますか？」

「いや、マジ……最高です。送迎がこんな車だとは思っていませんでした。本当に最初から最後まで非日常でした」

「お味はいかがでしたか？」

「おいしかったです。ちょっと見た目は……でしたけど、ああ、そういうことなのかって……」

「自腹でもう一度行きたい」

「案内役の人がかっこよかった」

「コロナで鬱々《うつうつ》としている人の気晴らしに最高」

「先着順だから急いで行ったほうがいい」

その声は天国が編集し、翌朝、特設サイトで公開した。その瞬間だった。

「渚さん、大変です！」

早朝、渚の部屋の扉を鬼束が叩く。

「ホームページがパンクしました。問い合わせフォームに入れません」

「どういうこと？」

Ｔシャツと短パン姿の渚は、ねぼけまなこで布団から起き上がる。この家は玄関の鍵《かぎ》が壊れているから、完全無法地帯だ。渚が女性である意識すら、住人たちからなくなっているようだった。

「Ｔｗｉｔｔｅｒでも問い合わせのＤＭが多すぎて、天国が対応に追われています」

「ってことは、お客が来ているってこと？」

「今週の予約は七組とも全部埋まりました。それもすべて入金済みです」

「よっしゃ！」

渚はガッツポーズをした後、はっと周囲を見渡した。ここに母はいないのだけれど、つい気になってしまう。

よかった。読みは間違いなかった。

　コロナ禍《か》で大勢の人を呼べないからこそ、人を呼ばないお祭りを企画したのは正解だった。運転手付きのベンツでの送迎、往復ドライブというだけでも、一人三千円という金額は破格だ。

「三千円ってめちゃくちゃ高いと思っていましたけど、意外と喜ばれるものですね」

「その金額を出せる人をターゲットにしたの。実際、多くの人に無償で手伝ってもらっているわけだし、実際はかかってもおかしくない。だけど、お客に楽しんでもらうには、この金額がギリギリだと思ったの」

　この金額が安いと思ったお客は、帰りにたこ焼きを買ってくれる。

　一パック分のたこ焼きは料金に含まれているが、一パックで帰るお客は一人もいなかった。実演販売を目《ま》の当たりにして、お土産にしたいと追加注文がかかった。

　初日のお客は、前夜祭に来たＹｏｕＴｕｂｅｒの知り合いがこぞって来てくれた。

　前夜祭の反省点を話し合ったかいがあり、全員がより連携してうごけるようになった。

　お土産のたこ焼きにしても、きつね面の案内人が女性客に直接手渡すようになってからは、まさに飛ぶように売れた。

「今日の売り上げはいくらですか？」

　お金の計算をしている渚に静流が訊いた。

「七組十六名で四万八千円。追加のたこ焼きが二十四パックで一万四千四百円。合計六万二千四百円」

　一日でこの売り上げを出せたことは驚異的だ。奇跡に近い。

「じゃあ、このお祭りを二十日やれば、確実に百万いくってことじゃないですか」

「単純計算するとそうだね」

「よかった……」

　静流はその場に崩れ落ちた。

「尊さんの大切な家を、おやじさんに奪われなくてもいいんですね。自分たち、まだこのアパートに住める可能性があるんですね」

　コロナだからさすがに抱き合って喜び合うことはできなかったけれど、皆とは麦茶で乾杯した。

＊＊＊

七月。あやかし祭りは口コミでどんどん評判になっていった。お客の大半は女性だった。

「うわあ、本当にお祭りなんですね」

「すごい、わくわくします」

お客のリアルな声はすぐにネットに更新される。

コロナ禍で、皆、人と会いたかったのだということがわかる。それはお客もそうだし、渚たちもだった。

感想もすぐに掲載される。天国はこの手の仕事は本当にまめで、迅速だった。

「この招待状、すごい倍率だったんですよね。当たったからいいことがありそうな気がします」

「今年はお祭りがないと思っていたので、こういう場を設けていただいてうれしいです」

「ノスタルジックな気持ちになれました」

「誰かと話したかった」

「やさしくしてもらえてうれしかった」

「皆さんが笑わせてくれたから――すごく幸せでした。また来たいです」

「あやかしさんにおすすめのお祭り情報を教えてもらいました」

「すごく楽しくて、あっという間に時間がすぎました」

あやかし祭りに来た人の中には遠距離恋愛中の若い男女もいた。

「コロナ禍で、家にも行けないしで、どこで会っていいのかわからなかったんです。でもこういう貸し切りのお祭りで、二人きりになれるのなら大丈夫かなと思って――」

幸せそうに微笑《ほほえ》む二人を見て、渚たちも幸せな気持ちになった。

「お嬢様、いっそのこと山下様をあやかし祭りに呼ばれてはいかがです」

送迎を終えて戻ってきた鏑木が言った。

「なに言っているの。たこ焼き焼いているところ、見せられるわけないじゃない」

「わかりませんよ。意外とたこ焼き焼いているお嬢様のほうがいいと思われるかもしれないですし」

「馬鹿言わないで」

「本気です。僕自身、お嬢様がたこ焼き焼いているってどうかとは思いましたけど。好きなことをやっているときって人って輝くんですよね」

「だから、好きでやっているわけじゃないよ」

「それでも、僕が知っている普段のお嬢様より、はるかに魅力的ですよ」

鏑木の言葉はあてにならない。彼は女性であれば誰でも甘い言葉で口説《くど》く人間だからだ。

とはいえ、このお祭りは、山下さんの言葉を参考に実現したようなものだ。

山下さんをこの祭りに誘ったらどうだろう——という思いがなかったわけではない。もしお客が集まらなかったとき、山下さんなら確実に支払えるという打算もあったが、誰かとお祭りに行くというのは渚の夢だった。

だけど、知り合いだらけの場所で、皆に監視されながら、歩くなんて自分にはできそうもないし、ここに来たら渚の実家も、素性《すじょう》も知られてしまう。

渚は鏑木に言った。

「だめだよ。テキヤだなんて知れたら、引かれるに決まっている」

「そうですかね」

「そうじゃないかもしれない。でも引かれるようなことは、もうやりたくないの」

そうだ。もう傷つきたくはない。

今は父の借金を返すための手伝いをしているだけ。それが終わったら、絶対にテキヤとは関わらない。自分を産んだために、苦労した母のためにもそれがいい。

「お嬢様……」

鏑木は渚の背中を見つめた。


あやかし祭りの最初の一週間はひとまず大成功で終わった。

幸い天気に恵まれ、雨が降ることも、台風が来ることもなかった。

なにより二十人近い人たちに協力してもらったことがうれしかった。だからこそプレッシャーにもなった。ただ働きをさせておいて、売り上げが出なかったら、申し訳なさで胸がいっぱいになる。

あやかし祭りは毎晩十時に終わり、急いで撤収作業がおこなわれる。

朝にはなにもない、だだっぴろい空き地の駐車場にかわる。その作業を毎晩やるわけだけど、お祭りの搬入作業で慣れている身としては、それほどの負担ではない。

売れ残りのたこ焼きは、毎回お手伝いをしてくれた人たちにお礼としてふるまわれる。

渚たちの夜食も、連日たこ焼きだが、具はそれぞれかえた。餃子《ギョウザ》の具もあれば、豚キムチ、納豆もある。

「明るいところで見ると、すごい色ですね」

マーブル色のたこ焼きを静流は口に入れる。

「このたこ焼きは演出の一つだってわかっています。でも、自分としては尊さんのたこ焼きを味わってほしかったです」

「わかってるよ」

本来、熱々がおいしい。けれど、お持ち帰りにすると、容器にこもる熱気でべちゃっとなり、カリッという食感にはならない。だとしたら、食感以上に色彩で人を驚かせてみたかった。あやかしらしい雰囲気《ふんいき》を出したかった。

「甘いたこ焼きも、自分的にはNGですね」

「借金返済のためじゃん」

「尊さんのたこ焼きなら、こんな演出をしなくても、皆さんの力を借りなくても、きっとお客はついていたと思うんです。自分が――ふがいないから……」

渚は静流が持っている銀色の缶を見る。鬼束の友人が差し入れしてくれたものだ。アルコールの入っていない、ごく普通の炭酸水でも、静流は簡単に酔えるらしい。

「静流にはまだ先がある。練習すればきっと上達するよ」

「渚さんに教われば」

「わたしがいなくても大丈夫だよ」

「自分たちを見捨てるんですか？　尊さんみたいにやさしくしておいて、いなくなるんですか」

　真っ赤な顔でそう言った後、静流はすみません、と言って、頭を下げた。

「渚さんには渚さんの人生があるってこともわかっています。騙《だま》すようなことをしたにもかかわらず、手伝ってもらっていることにも感謝しています。お祭りのあとって、いつももの悲しくなるんですよね。神社の境内《けいだい》とかでお店を出した後、撤収して、掃除《そうじ》した後──なにもなくなって、本当にここでお祭りがあったのかなって」

　その気持ちはすごくよくわかる。

「あやかし祭り、すごく不思議でした。お祭りって自分の中では、もっと明るくてにぎやかなイメージがあったんで」

「住宅街が近いから、騒がしくできないじゃん」

「そうなんですよね。尊さんがにぎやかなのが好きだったから」

「まだ喪中なのにお祭りをやっている時点で不謹慎《ふきんしん》だよね」

「この場合、尊さんはゆるしてくれますよ。でも、当たり前ですけど、尊さんと渚さんは別の人間なんだなって思いました。これは渚さんが望む、お祭りの形なんですね」

「わたしが？」

「なんとなくそういう気がしました。違いますか？」

　渚は答えず、話題をかえた。

「なんで静流はテキヤになりたいと思ったの」

「花火大会で尊さんを見たんです」

「どこの？」

「厚木《あつぎ》です」

「ああ」と、渚はうなずく。毎年八月の第一土曜日に開催される、あつぎ鮎祭りの大花火大会だ。

　会場は、相模川《さがみがわ》、中津川《なかつがわ》、小鮎川《こあゆがわ》の三川が合流する河川敷で、当日は大混雑する。花火大会の見所は、速射連発花火《スターマイン》とフィナーレの、相模川を横断する大ナイアガラ。

　たこ焼きを焼いている場所は、河川敷から離れた街中だし、たこ焼きを焼いている間は、正直、花火など見ていられない。朝から焼き溜めをしても、追いつかないくらい売れる会場で、打ち上げられる花火の音、アナウンスの声、人々の歓声を背景にひたすらたこ焼きを焼き続ける。

「静流の地元って厚木なの？」

「いえ、横須賀《よこすか》なんですけど、親戚《しんせき》が住んでいるんでたまに行ってたんです。繁盛《はんじょう》している店って活気が違いますよね。ずっと火を使っているというか、その店からにおいが立ち上ってくるというか、オーラがあるというか」

「そうだね」

「いろんな露店がある中で、尊さんのたこ焼きはすごかったです。尊さん、どれだけ忙しくてもずっと笑っているんですよ」

笑っているのは、接客の一環だから——と静流の前では口にできなかった。笑っているところに人が集まるからと、幼い頃から教えられた。

「尊さん、楽しいことが好きで、人が好きなんですよね。たぶんつらいこととか、苦しいことがあっても、冗談を言ってずっと人を笑わせられる人なんです。そんな人だから、すごいおいしいたこ焼きを作れるんです。あの姿に強烈に憧れました。たこ焼きひとつで人を元気づけられるって最高じゃないですか」

「たこ焼きにこだわるなら、別にテキヤじゃなくてもいいんじゃない？」

「いえ、テキヤがいいんです。ある意味、お祭りの主催者側じゃないですか。お祭りを盛り上げて、お祭りの一部でいたいんです」

「わたしはそこまでテキヤに思い入れなかったな」

「本当ですか？」と、静流は意外そうな顔をした。

「テキヤの人たちは渚さんほどテキヤに向いている人はいないって言ってましたよ。根性もあるし、声も出せるし、愛想もいいし、状況に応じて動ける。自分たちはいつも会ったことのない渚さんと比べられていたんですよ。だから天国さんも鬼束さんも渚さんを見たとき、緊張してたっていうか」

そうだったのか——と渚はあらためて思う。

「渚さんは、どうしてテキヤをやらないんですか？」

静流の質問はいつも直球だ。

「皆は外の世界からテキヤに入ったでしょ。テキヤ以外の世界も知っている上で、テキヤっていう職業を選べたわけじゃない。わたしはテキヤ以外の世界を知らなかったから、外の世界に憧れたの。その世界を知った今、テキヤには戻れないよ」

「そこで望む人生が手に入ったんですか？」

「これから手に入れる」

「山下さんって人とですか？」

「なんで知っているの」

「えーと、竹さんが渚さんに婚約者ができたって」

渚は溜息をつく。本当にテキヤの若い衆は口が軽い。

「山下さん、渚さんがテキヤの娘って知っているんですか?」

「知らないよ。言うつもりもない」

「騙すつもりなんですか?」

「そんなつもりはないけど、自分から言う必要ないじゃん」

よくわからないですけど、と前置きして静流が言った。

「隠しごとってよくないんじゃないですか? 嘘をつくと、どこか無理をすることになりますし。いずれ結婚するなら——」

「別にまだ結婚するって決まったわけじゃないよ」

「でも、いずればれるときが来ますよね。自分としては、尊さんみたいな父親がいるって、自慢でしかないと思うので、隠すのが不思議というか。隠しても——テキヤの娘っていう事実は変わらないのなら、最初から話しておいたほうが楽なんじゃないかって気もするんですけど」

渚は溜息をついた。静流はまったくわかっていない。

「そういう世界があるんだよ」

第五章

十日目の祭りが終わった。

本日の売り上げは四万八千円。借金の残りはおよそ五十万円。

借金の額が少しでも減っていくというのは安心する。

「すごく楽しかったです」

「ぜひまた来たいです。ありがとうございました」

お客の評判は上々。人が集まりすぎたり、場所がばれたりすると、二度と開催できなくなる。その懸念《けねん》はあったけれど、ＳＮＳに上がるお客の感想やレポートもちゃんと良識を守ってくれている。

「下手《ヘタ》なアトラクションより楽しかった」

「超幸せ。思い切って行ってみてよかった」

「三十分では全然足りなかった。しょぼいお祭りかと思ったら、意外としっかりしていた」

こういう感想を読むのもうれしい。楽しんでくれてよかったと思う。

渚《なぎさ》は夜食のたこ焼きをつまむ。渚のリクエストに応じて、餃子《ギヨウザ》の種を入れ、静流《しずる》が焼いたものだ。少しずつだけれど上達している。火力を意識しすぎて、たまに焦がしていることもあるけれど、あきらめないのは、彼のよさなのかもしれない。

——これは渚さんが望む、お祭りの形なんですね。

静流は意外と鋭い。その言葉を聞いたとき、心の中を言い当てられた気がした。そう、誰かと二人きりでお祭りに行きたかった。
知り合いのいないところで二人で楽しめたら、幸せだろうなあと思った。

——（テキヤをやめたら）そこで望む人生が手に入ったんですか？

誰かとお祭りに行きたいと思った。皆がするようなことがしたかった。だけど、テキヤから離れたら叶うかといったらそうではなかった。
お祭りに行く機会はあったのかもしれない。けれど知り合いに会うかもしれないと思うと気がひけた。父が出店しているであろう、神奈川県内のお祭りには絶対に行けなかった。だから結局、一度もお祭りに行っていない。

現状、五年経っても、望む人生は手に入っていない。でも、これから先はわからない。山下《やました》さんとのことも、このあやかし祭りさえ終われば、きっといい方向にすすむはずだ。テキヤであったことを忘れることができれば。

そう思っていたのに——。

その翌朝のことだった。

「ちょっと、こういうの困るんだけど」

ゴミ出しに行ったとき、裏の駐車場に大家の榊《さかき》さんが立っていた。杖《つえ》の先にあるのは、水風船の残骸《ざんがい》。あやかし祭りに来たお客が落として割ったものだ。

たこ焼きの食べこぼしもあちらこちらに見えた。

昨日の夜、掃除したはずだったのだが、暗い中、見落としていた。榊さんは苦情があると、すぐに親方に報告する癖《くせ》がある。

「すみません！　今すぐ掃除します」

渚はアパートに走って戻り、掃除道具一式をひっぱりだす。通行人が来ないことをいいことに、すっかり油断していた。

「映画の撮影だっけ？」

認知症と聞いていたけれど、榊さんの頭は思いのほかしっかりしている。

「はい」

「若い子たちを集めて。いつまで続くの？」

「あと二週間……です」

「そんなに？　聞いてなかったわよ」

「申し訳ありません」

「ってことは今夜も撮影があるってこと？」

「はい」

榊さんは溜息をついた。

しまった。気分が盛り上がっていて、つい説明を怠《おこた》ってしまった。駐車場の空き地を無料で借りられたのは、榊さんの厚意だ。怒らせるのはまずい。

毎日静流が榊さんのところにたこ焼きを配達しているけれど、その都度《つど》、駐車場を借りているお礼を言わせせないといけない。

「おたくのたこ焼き、味が落ちたわね」

「すみません」

「尊《たける》さんはいないの？」

「父は――」

渚は答えることができなかった。

「ま、いいわ」と言うと、榊さんは踵《きびす》を返した。杖をつきながら、ゆっくり家の方向に戻っていった。

その後ろ姿に、渚は不吉な予感がした。

なにか悪いことが起きるかもしれない。そういう勘はかなりの確率で当たる。

「渚さん、大変です」

アパートに戻ると、鬼束《おにづか》が駆け寄ってきた。手にしたスマホで、あるブログサイトを見せる。

「この方のレポートで……あやかし祭りの住所がばれています」

「なんで？」

渚はスマホをのぞきこむ。

この人は三日目のあやかし祭りに来たお客だ。とても好意的な感想メッセージを送ってくれ、口コミの宣伝にも協力的だった。それがなぜ——。

ブログのタイトルは「あやかし祭りの会場を検証してみた」。

そのページにはでかでかと地図アプリのスクリーンショットが貼られ、住宅街の中の空き地に印がついている。

「どういうこと？　十八日まで場所は極秘でってお願いしたのに」

「お願いはあくまでお願いであって、強制力はないですからね。車に乗っている間、地図アプリを出して、GPSで場所をつきとめたんでしょう。難しいことではないですよ」

「でもネットで公開するなんて」

「明らかなマナー違反です。ですが、正直、どうすることもできないですよね」

鬼束は管理人用のページを開ける。そこにメッセージの返信はなかった。

「削除依頼出しましたけど、返信ないんですよ。こういう人たちからすると、注目されたいというのが一番ですからね」

鬼束は考え込んだ。

「ちょっと仕掛けすぎた……ってのもあるかもしれないですね。注目を集めた分、取材の問い合わせとか、じゃんじゃんきているみたいです。まずいことに、渚さんと話がしたいってさっきも電話があったみたいですし」

「わたしと？　わたしのほうに連絡は来てなかったけど」

「おやじさんのところにです」

「え？」

渚は目を瞬かせる。

「ばれたってこと？」

「……可能性はあります」

渚は頭を抱える。

あやかし祭りをはじめて十日。いつかはばれると思っていたけれど、想像した以上にその日がくるのがはやかった。


その日の正午前、親方の家から電話がかかってきた。

「信じられない。なんでおやじさんに連絡するわけ？　連絡先ネットに載せてなかったでしょ」

渚はあわてて着替える。

「住所がばれた以上、仕方ないですよ。ここはおやじさんの庭なんで」

天国《あまくに》も鬼束も居留守を使うことができず、静流も店を開けられず、四人は親方の家に向かった。

当然、親方は激高していた。お店が営業中であろうとなかろうと関係ない。四人は座敷で正座をさせられた。

「どういうつもりか、聞かせてもらおうか」

親方は煙草《たばこ》をふかしながら、どすのきいた声で言った。

「申し訳ありません。このたびは本当に失礼いたしました」

恐怖におびえる静流は畳《たたみ》に頭をすりつける。彼には親方への絶対服従がしみこんでいる。

「あやかし祭りだと？　どういうつもりなんだ。わしの庭でこういうことをやるとはな」

「たこ焼きを焼く許可はいただいています」

渚はきっぱりと言った。不思議と恐怖心はなかった。

「あんなものたこ焼きと言えるか！」

親方はネットに上がったたこ焼きの画像を事前に見ていたらしい。もっとも親方はネットに詳しくないから、若い衆のうちの誰かが見せたのだろうけれど。

「立派なたこ焼きです。食紅《しょくべに》を使って、ちょっとアレンジしただけで焼き方はかえていません」

「そのたこ焼きにえらく法外な値段をつけたそうだな」

「演出代がかかっていますので」

「わしの許可なく」

「許可が必要だったんですか？　好きにやれとおっしゃったのは、おやじさんのほうではありませんか」

今までの渚であれば、最終的には親方に折れた。だけど、今は引いてはいけないと思った。父の負債《ふさい》を返すためにやったことだ。

静流ははらはらと様子を見守っている。

「お客に対して送迎サービスまでしているとか」

「これまでだって親しくなったお客様や、体の不自由なお客様を車で送迎するようなことはありました。送迎代はいただいておりません。ガソリン代も自腹です。なにか問題でも？」

「問題は大ありだ。ほかの親方のところが知ったらどうする。うちだけ特別なことはできないのだぞ」

結局はこれだ。

世間体《せけんてい》を気にするがために身動きがとれない。ほかと同時に足並みを揃えて——ということをやっていたのでは、このご時世、生き延びることができない。

「おやじさん」

渚は親方の顔を見る。

「わたしたちがやっているのはいわゆる実験——という風に見ることはできないでしょうか」

「実験だと？」

「ええ。このやり方が成功すれば、テキヤ業界にとって一つの成功例となるはずです。お祭りやイベントがない中、どうやって収益をあげるべきか、実験しているわけです。それでその結果を皆に広めればいいじゃないですか。おやじさんにとっても損はないはずです。続けさせてもらえれば、より多くの利益をおやじさんにお渡しできます」

あやかし祭りを途中でやめるよりは、最後まで続けたい。腹を割って話せば、親方に通じるはずだと思っていた。

ところが——。

「あのくそおやじめ。頭かたっ」

親方の家を出た渚は、門を蹴《け》る。

「まあ……こうなるんじゃないかとは思っていましたけどね」

「いやあ、朝っぱらから雷落ちましたね」

天国と鬼束は苦笑する。

「でもまあ、十日間もっただけまだましでしょう。咲良《さくら》のときは三日でばれたんで」

「密告したのって、本当にＹｏｕＴｕｂｅｒたちなのかな。わざわざおやじさんの電話番号調べるかな」

渚は額に眉根《まゆね》をよせる。

ですよ」

「同業者のやっかみでしょうね。自分たちだけ成功したら妬《ねた》まれる。出る杭《くい》は打たれるん

「それにしても、あのくそおやじ。年食って相当頭の中、さびついているんじゃないの。儲《もう》けるチャンスをみすみす逃すなんて、どうかしている」

「渚さん、悪いのはこっちですよ」

しゅんとした顔で静流が言う。彼は本来、あやかし祭りにはそれほど乗り気ではなかった。なんとかその気にさせたけれど、気持ちが揺れ戻るのもはやい。

「あやかし祭りをするなら、やっぱりおやじさんに最初から相談しておけばよかったんじゃないでしょうか。隠れてこそこそっていうのはよくないですよ」

「事前に話して許可してくれたと思う？　さっきだっておやじさん本人が言ってたじゃん」

渚は親方の激高を思い出す。

「渚、物事には順序ってものがある！」

親方の声はマスク越しでもよく響いた。

「祭りやイベントがない中、どうやって収益をあげるべきか実験する？　そんなのは後付けの理由だろう。皆のためにと銘打《めいう》って、ご大層なことを考えているのなら、なぜわしに一言相談がなかった。わしだけではない。まずは皆に話を通すのが筋だろう」

「おやじさん、四週間で百万を返さないといけないときに、そんな時間はないです」

「なぜ決めつける」

「これまでそうだったからです」

「相談しようとも考えないところが、浅はかだと言っているんだ。結局、自分の利益しか考えていないのが見え見えだ」

「自分のためです。でも、ひいては皆のために――」

「渚、お前がやっていることは、テキヤの和を乱す行為だ。このご時世、皆が我慢しているときに、お前だけ好き勝手やらせるわけにはいかない」

このご時世だからこそ、むりに我慢する必要はないのではないか。皆、好きなことをすればいいのではないだろうか――という言葉は、テキヤのルールに反している。

テキヤにいる以上、親方の命令は絶対だ。その親方にせよ、ほかの親方たちの目があるから、好きに動けない。結局、お互いに監視し合って、がんじがらめになっている。

「皆が自粛《じしゅく》で耐えている中、自分から世の中を騒がせてどうする。ギリギリの線を考えたといっても、世間様はそう思わないだろう。お祭りはお祭りだ。お前のせいで――わしらまでルールを守っていないように思われる。お前はテキヤをやめたらそれで終わりかもしれん。だがテキヤに残る人間はどうする。一度失った信頼を取り戻すのは、並大抵のことではないんだぞ」

そんなことはわかっている。わかっているけれど――。

渚は唇を噛《か》む。

「あのくそおやじ、言いたいこと、言うだけ言って、昨日までの売り上げは全部持っていくんだから」

「借金の返済だから仕方ないでしょう。でもおやじさんが言っていることも一理ありますよ。今後、どうします？」

天国が渚に訊いた。

「どうするって……」


「ごめん。悪いけど――」

鬼束は朝から友人たちに連絡している。天国もサイト閉鎖の手続きをはじめた。

「あやかし祭り終了のお知らせ」

悔《くや》しいけれど、親方の命令は絶対だ。渚たちは各方面へのお詫《わ》びに追われることになった。楽しみにしてくれた人たちを失望させ、楽しんでくれていた俳優の卵たちやテキヤのバイトの人たちを悲しませた。

事情を説明したら、ひとまず理解はしてくれたけれど、これだけ成功しているものを途中でやめる意味がわからないと口々に言われた。

鬼束の映画撮影にしても、大家さんのところに親方から話がいったようで、撮影自体、禁止になった。

「なんでこうなったのかな」

渚たちは仏壇《ぶつだん》のある和室に自然と集合する。

暑すぎて、座っていられないから、皆好きな格好で畳《たたみ》の上に寝そべっている。そのさまは死屍累々《ししるいるい》だ。蟬《せみ》のけたたましい鳴き声が暑さに拍車をかける。

頭や腋《わき》をタオルで巻いた保冷剤で冷やしても、暑さはやわらがない。

あやかし祭りのために買いそろえた容器は無駄になってしまった。倉庫の在庫確認をしないといけないのだけれど、その気力がわかなかった。

「こんな結果になるなんてね」

「親方のことは想定していたじゃないですか」

渚に鬼束が答える。

「想定はしていたけれど、十日間で五十万稼《かせ》いだってわかれば、やめさせるわけがないって思ったの。そうでしょ？　おやじさんだって資金繰りに苦しんでいるんだから。むしろ、十日間で五十万も稼げたことを褒《ほ》めてくれてもいいのに」

「なにを言っても無駄ですよ。自分たちがやったことはルール違反ですからね」

鬼束がかき氷をもってくる。倉庫に氷削機《ひょうさくき》を発見したらしい。

その昔、かき氷を取り扱っていた名残《なごり》だ。シロップはなかったので、水と砂糖を煮詰めて、自作したらしい。いわゆる「みぞれ」――ガムシロップ味は、家でも作ることができる。

渚はかき氷をスプーンでつつく。西脇《にしわき》家では食べられなかった味だ。食べると頭がキーンとなる痛みもなつかしい。

「時代に応じて、ルールは変化しないといけないと思う」

「こんなことになるんだったら、最初からもっと強気の金額を設定しておけばよかったんですかね。お一人様二時間にして、五千円とかでもよかったんじゃないでしょうか。通常、ベンツを二時間貸し切るともっとかかりますよ」

「そうしたら一週間も続かなかったんじゃないかな」

「それもそうですね」

天国と鬼束が納得したような顔でうなずく。

「でも悔しいですね。せめてあと三日続けていれば――」

「いっそのこと場所を移して企画しますか」

「それも考えた。でも……今はおやじさんが警戒しているから厳しい」

この近辺で、お祭りを計画するのは不可能だ。

「そうですね」

「ところで静流は?」

渚は四つ目のかき氷の器《うつわ》に気がつき、聞いた。

「ああ、部屋に引きこもって出てこないんですよ」と、天国が言った。静流の分のかき氷は彼がもらう予定らしい。

「もうすぐ店を開ける時間なんで出てくるとは思いますけど、ああいうところがテキヤに向いてないんですよ。今時の若者っていうか。叱《しか》られなれていないっていうか」

静流は親方に叱られることを異様におびえている。叱られたら叱られたで、人生が終わったというくらい落ち込む。もう二度と立ち上がれないくらいに。

「それでもひたむきに立ち直って、実直に商売を続けられるのは強みではあるんですけど、静流って凹《へこ》むといつも以上に行動が慎重になるというか。たこ焼き焼くのにとろとろするのも、叱られすぎたっていうのもあるんですよね」

「お父さん、叱るタイプの人じゃなかったけど」

「だから尊さんが甘やかしすぎたんです。目上の人が怒るのも、ああ、機嫌が悪いんだなくらいで流さないといけないのに、ひきずりすぎです」

「なるほどね」

「今後、どうされるんですか?」

「それは——明日、考える。フリマアプリのほうはどう?」

渚は天国に訊いた。

「さっぱりですね」

父が無鉄砲に仕入れた商品《ネタ》をフリマアプリに出してみたけど、全然売れていない。

「問い合わせはいくつかあるんですけど、値引き交渉のメッセージばっかりですよ」

「渚さんのお友達とか、お金持っている人に頼れないんですかね」

渚はスプーンを口に運びながら、答える。

「できる限りのことはするつもりでいたけど、さすがに使い道のない、玩具《チャモ》一箱ってのはね」


「あやかし祭り」をやってみて、初めてわかったこともある。

一過性のものは、すぐに飽きられる。あれだけ一度に沸いたネットの騒ぎも、一瞬でおさまった。一万人以上の人がＲＴしてくれたから、バズるだろうと思ったけれど、バズることもなく、あっけなく終わった。

協力してくれたＹｏｕＴｕｂｅｒたちはあっさり別の企画の動画を上げ、あやかし祭りのことは一言もふれなくなった。

そしてあやかし祭りはあっという間に忘れ去られた。

予約の際の前払い料金は、全額返金した。手数料でまたマイナスになったけれど、仕方ない。クレームもなく、了承してもらえただけでもありがたかった。

鬼束の発案で、あやかし祭りは不定期開催、いつなくなるかわからない——とあらかじめ予防線を張っていたのが功を奏した。

反対や批判も、アンチの声も上がらなかった。要するに、思ったほど話題にのぼっていなかったのだ。無名の人間がやっても、結局はその程度。

「めちゃくちゃ悔しい」

それでも食紅を使ったたこ焼きはしばらく続けてみることにした。

が、驚くほど売れなかった。お客さんが注文するのは、定番のたこ焼きばかり。しかも、

「なんか違うね」

「味が落ちた？」

その言葉がつらい。

やるだけやったんだから——と自分を慰めることもできない。やるだけやれなかったから、未練が残っている。もう少し続けていれば、絶対に成功したはずだった。

「咲良のときの失敗を生かして、絶対に成功させたかったんですけど」と、天国がぼそりと言った。

咲良の家の焼きそばのネット通販は親方に知られてすぐに中止になった。

だからこそ、天国はサイトやＳＮＳでの告知内容にことのほか慎重だったし、アイディアを加え、皆が楽しめるものを企画してくれた。それは鬼束も同様だ。がんばりはいつも報われるわけではないけれど、中途半端に打ち切られることほど、つらいことはない。

「渚さん、その咲良の家ですけど、テキヤやめるらしいですよ」

今、思い出した――というように鬼束が言った。

「やめる？」

渚は耳を疑った。

「ええ、噂《うわさ》ですけど、引っ越すそうです。来週あたり、おやじさんのところに挨拶《あいさつ》に来るって若い衆が言ってました。渚さんのところにも連絡あるんじゃないですか？　咲良、渚さんに会いたがってたんで」

「渚さん、咲良と仲良かったんですよね。咲良からよく渚さんの話を聞いていたんですけど」

天国が訊いた。

「あ、うん」

咲良の家も渚の家と同じく、家族ぐるみでテキヤをやっていた。たこ焼きの店をまかされた渚の父と、焼きそばの店を任された咲良の父は昔から兄弟のように仲が良く、お祭りでは軒《のき》を連ねて商売をしていた。

咲良とはお祭りのたびに顔を合わせた。自分以外にも子供がお店にいることがうれしかったし、同じ立場の子がいることで、慰めにもなった。母の実家に引っ越したときに、連絡先をなくしてしまったけれど、大切な友達だ。いつか会いたいと思っていた。

お祭りに行けば、確実に会えるはずの人が、いなくなってしまう。

不思議なものだ。自分もテキヤをやめるつもりの人間だ。テキヤなんか——と思っていたのに、知っている人がやめるとなると、寂しさに襲われる。

「あやかし祭りがうまくいけば、いずれは咲良の家も巻き込みたかったんですけど」

天国がぼさぼさの頭をかきながら、言った。

「咲良の家だけじゃなくて、できればテキヤ全体に仕掛けたかったですよ」

鬼束の話に渚もうなずく。

二人の気持ちはわかる。だけど親方に反対された今、これ以上のことは不可能だ。でも、諦めたくはない。

「さて、どうしたものかな……」

渚は窓から空を見上げた。

＊＊＊

七月八日。借金の返済期限まであと十日。返済額は残り四十六万円。

金策を考えるにも、思いつかない。暑さで頭が溶けそうだ。

夕闇に浮かぶ電球の灯りをめざして、蛾《が》や蟬が集まりはじめた頃、

「渚さん、撤きますね」

静流が渚に声をかける。

「了解、足下に気をつけて」

渚の言葉で、静流は屋台をバラしはじめる。大家さんとの約束で夜は屋台を解体し、アパートの裏の倉庫に入れる。それが日課。

一足先にアパートに戻った渚は、帳簿をつける。

「変わり種で、チーズ豚バラたこ焼きを作ってみました」

静流がたこ焼きを持って、渚の部屋にやってくる。

汗びっしょりのTシャツは脱いできたのか、上半身は裸だ。ノックすらなかった。

よくよく考えたら、年頃の女性が男性と同じひとつ屋根の下で生活している。

渚も最初から抵抗がなかったわけではない。けれど、父の家は昔から、そういう空間だった。誰でも――人ではなく、猫も、犬も、好きなときに好きな場所に出入りした。

売れ残りのたこ焼きは、二人の夕食になる。

「あー、エアコンは生き返りますね」

静流の声が背後から聞こえた。渚の運転手の鏑木《かぶらき》はなにかと器用な男で、エアコンを取り付けてくれた。冷風が流れる床で、猫と犬が静流に餌《えさ》を要求している。

「あと四十六万……。なにかいいアイディアない？」

渚は静流に訊く。

天国にはフリマアプリの運営を任せた。鬼束は映画学校の卒業制作とやらで忙しくなり、これ以上の仕事を頼めない。

「大丈夫ですよ。たこ焼きを地道にやっていけば絶対に売り上げは回復します」

静流は自信満々だ。彼はひょっとして算数が苦手なのではないか——という思いが去来する。四十六万を十日で返すなど無謀《むぼう》にも等しい。

一日平均して四、五万円の売り上げを出すなど、まず不可能だ。

「静流、たこ焼きの今日の売り上げは結局、いくらだったの？」

「今日は十一パックです」

ということは、今日の純利益はおよそ四千四百円。

「少しだけど、戻ってきてる。なんでだろう」

静流の焼くたこ焼きに目立った変化はない。多少、手際《てぎわ》はよくなったけれど、味は絶賛できるレベルではない。焼き加減は当たり外れが大きい。

ひょっとすると、傍についている渚にわからないだけで、昔からのお客からすると、少しはよくなってきたのだろうか。それとも静流に新規のお客がついたということなのだろうか。考えこんだ渚の顔を見て、静流が言った。

「なんとなく理由がわかります。ありがたいことです」

「理由？」

静流は、あ、という顔をする。

「渚さん。すみません、明日の朝、キャベツ買ってきてもらえないでしょうか？」

「キャベツ？　瑛太《えいた》の配達は？」

「明日お休みなの忘れてしまったんです。今あるので足りるとは思うんですけど、この調子でもしお客が増えたら不安なんで」

言いかけた静流は渚の表情を見て、はっとする。

「あ、無理そうなら、店番変わってもらえれば自分が行きます」

「いいよ。別にスーパーに行ったところで瑛太と会うわけでもないし。っていうか、あのスーパー夜十時までやってるよね。今から行ってくる」

渚は立ち上がる。

家にいても煮詰まって、いいアイディアが思いつかない。外に出るのは気分転換になるかもしれない。

「鏑木――」

と運転手を呼ぼうとしたけれど、電話がつながらない。

ああ、そうだった。エアコンを取り付けた後、都内に帰ったのだった。

あやかし祭りの送迎の任務から解放されたことを彼は内心喜んでいた。各地に女を作っていたのだった。ているらしいから。

アパートの一階の倉庫の荷物はあらかた片付いた。

借金を返せず、万が一、アパートを親方に譲《ゆず》ることになったとしても、必要なものだけはすぐに運び出せる準備は整った。

不要品は天国が写真を撮影し、フリマアプリに出した。

渚はその一角からさび付いた折りたたみ式の自転車を取り出す。売り物にはならず、いずれ粗大ゴミとして処分することになったものだ。

業務用スーパーまで自転車で十五分。行きは坂道の下りだけど、帰りは上りになるので、体力を温存しておかないといけない。

父の実家に戻ってきてわずかな間にすっかり日焼けしてしまった。心なしか肌が荒れた気がする。スキンケアには気をつかっていたのに、山下さんがこの姿を見たらどう思うことだろう。

自転車は、力を入れてこいでもちっとも進まない。

まるで渚の気持ちを反映しているかのようだった。

こんなことになったのも全部瑛太のせいだ。テキヤの手伝いなんてするつもりはなかった。あいつがいつも余計なことをするから。

——やってやろうじゃないの！

瑛太の前でそう言い放ったのに、結果が出せなかったことが悔《くや》しい。会ったときにまた馬鹿にされたらと思うと、むしゃくしゃする。

どうして彼はいつも人を馬鹿にしたようなことを言うのだろう。その彼に、どうして自分はいつも反発してしまうんだろう。

渚は駐輪場に自転車をとめる。業務用スーパーKOYO《コーヨー》。ここに来たのは五年ぶりだ。五年前は配達サービスがなくて、父と一緒に買い出しにきていた。父と二人のときもあったし、渚一人のときもあった。

いつも買う商品は決まっているので、時間を告げると、従業員の人が準備して待っていてくれた。その人が瑛太ということもあった。

五年ぶりに来た店の外観は、変わっていなかった。セルフレジを導入したとか、商品の配置が違うという変化はあったけれど、子供の頃から通い慣れた雰囲気《ふんいき》はそのままだった。

店内は仕事帰りの人たちでごった返していたが、幸い、瑛太の姿はなかった。

彼は配達専門で、ほとんど店舗《てんぽ》にいないということを聞いていた。

ほっと胸を撫《な》で下ろし、カゴに入れたキャベツと差し入れ用のドリンクの支払いを済ませたときだった。

「どうも、いつもありがとうございます」

いやな声が耳に飛び込んできた。店の出口のところに立っていたのは——会いたくなかった瑛太だ。

「今日は卵がお買い得ですよ。買い忘れがございましたら、明日、配達にうかがいますよ」

マスク姿の瑛太は、業務用スーパーの制服を着て、通りかかる顔なじみのお客に声をかけている。手にはアルコール消毒スプレーを持っており、入店するお客の両手にふりかけている。

うわ、最悪。渚はとっさに柱のかげに身を隠す。

出口は一カ所しかないから、瑛太が立ち去るまでお店を出ることができない。

早くいなくなれ、と念じても、瑛太はいなくならない。どうしよう。

「……」

さりげなく挨拶《あいさつ》して店を出よう——そう決意して、瑛太の背後ににじりよったとき、

「『大多幸《おおたこ》』って知ってます？」

店の名前が聞こえた。

瑛太は常連客と立ち話をしていた。

「ああ、知っているわよ。尊さんのところのたこ焼き屋でしょう？」

「そうですそうです。俺の幼馴染《おさなな》み《じ》がやっているんですよ」

「そうなの？　尊さんが亡くなって店を閉めたって聞いたけど」

「やっているんですよ。焼いているのは静流って子なんですけど、どこもコロナできつい中『大多幸』さんもがんばってやっているんで、よかったら買ってやってください」

「そうねえ。でも、暑さで食が落ちているときにたこ焼きってのはさすがに」

「そこをなんとか。暑さが和《やわ》らいだときに買いに行こうと思っても、この時期を乗り切れなかったら、お店がない可能性があるんですよ。もし店が遠いっていうのなら、俺に言ってくれたら、熱々を配達しますよ。人助けだと思って、頼みますよ」

「瑛太くんに言われるとねえ。今度、近くまで行ったら寄ってみるわ」

「ありがとうございます！」

それを聞いた瞬間、頭が真っ白になった。理解できなかった。

どういうこと？　なんで瑛太がうちの店の宣伝をしているのだろう。

「あ、熊倉《くまくら》さん、暑い中、いつもありがとうございます。突然ですが、たこ焼き食べたくないですか？」

「なによ、本当に突然ね」

「そこそこおいしいとこ、知っているんですよ」

瑛太は何人かのお客に声をかけた後、従業員に呼ばれ、どこかに行った。

瑛太に顔を合わさずにすんだのはよかった。呆然《ぼうぜん》とした顔を見られたら、またなにか言われそうだったから。

帰り道、上り坂で自転車をこぎながらも、わけがわからず頭が混乱した。

なにこれ。いい人ぶっているつもり？　あのときのことをちゃんと謝罪もしていないくせに。いろんな人に頭を下げるなんて――瑛太らしくない。あんな姿、見たくなかった。

馬鹿じゃないの。

内心、毒づきながらも、思いは複雑だった。

なぜ瑛太はあそこまでやってくれるんだろう。幼馴染みだから？　罪滅ぼしのつもり？　静流と仲がいいから？　静流を助けるつもりで？

考えても答えが出なかった。

「うちが廃業すると困るのは瑛太のお店だから、宣伝してくれたのかな？」

帰宅してからも、納得できる理由が見つからず、渚は静流に訊いた。

もしかしたら、静流はあの瑛太を見せたくて、渚を業務用スーパーに行かせたのだろうか。

「違いますよ。瑛太さん、ずっと大多幸を応援してくれてましたよ」

「そうなの？」

「そうですよ。瑛太さん、昔から大多幸のたこ焼きの熱烈なファンで、ほとんど追っかけ状態だったそうじゃないですか」

そういえば――と渚は思い出す。子供の頃から、毎年数回はお祭りで顔を合わせた。

「よくお祭りで遭遇《そうぐう》するなって思っていたけど」

「たこ焼きを買いにきてくれてたんですよね」

「そうかも」

「渚さん、人って、その人は悪い人だって一度、決めつけてしまうと、悪いところしか目に入らなくなってしまうらしいんですよね。瑛太さんと過去に何があったか知りませんけど、瑛太さんはいい人ですよ」

「いい人？　そんなはずないよ。あいつは――」

「悪い人のフィルターを通して見ると、その人が本当に悪人に見えてきちゃうんですよ。自分は瑛太さんはいい人だと思います」

「そうかなあ。わたしは全然思えないけど。そりゃ、お店のことを宣伝してくれたことは、ありがたいと思うけど」

「渚さんがそれだと、瑛太さんも苦労しますね」

る。

「いい加減、許してあげたらどうですか」

五歳も年下の男の子に言われると、まるで自分があまりにも大人げないように思えてくる。

「なにそれ」

——悪い人のフィルターを通して見ると、その人が本当に悪人に見えてきちゃうんですよ。


静流の言うことは正しい。

世の中は皆悪い人だと思うと、悪い人ばかりの世界になるし、世の中は皆いい人だと思うと、いい人ばかりの世界になる。というのは、頭で理解できるけれど、それでも、瑛太は苦手だ。

高校時代の、あの厚木《あつぎ》の花火大会での、最悪な一日を思い出すと、今でも胸がむかむかする。友人たちが帰った後に瑛太が渚に言い放った言葉にも。

「家がテキヤって事実じゃん。なんで隠すんだよ。テキヤって格好いいだろ？　たこ焼き焼いている尊さんは、男の俺が見ても惚《ほ》れるくらいだよ」

彼の言い分もわかる。だけど、言われたくないことはあるのだ。噂《うわさ》には尾ひれがついて、おもしろおかしく、まわりに広まった。

——広瀬《ひろせ》渚って実家テキヤなんだって。テキヤって犯罪者とかいるんでしょ？　ヤクザじゃん。

——渚のお父さん、中卒なの？　マジやばくね？

テキヤに学歴は関係ない。一般の就活のように面接で落とされることもないし、学歴や職歴も問われることがない。

だから、テキヤには様々な人が集まるのは事実だ。

大卒もいるし、中卒もいる。脱サラしてテキヤになった人もいれば、週末だけ働きにくる主婦もいる。誰でもなれるからこそ、脛《すね》に疵《きず》持つ人がいないわけでもない。そういう人たちが職を求めてさすらったあげく、流れついたのがテキヤだったりする。

しかし、渚が知っているテキヤは犯罪者でもなんでもなく、単なる露天商《ろてんしょう》だ。そう言っても、テキヤを下に見ている人には話が通じなかった。

大半の人は、肩書きで人を判断する。

瑛太のあの一言のせいで、渚は学生生活を台無しにされた。

父がテキヤであることで、人生の半分以上、損をしている気がした。

なぜテキヤの父と結婚したのかと、母を責めたこともあるし、父も、母も嫌いになって、口をきかなかったこともある。そんなとき、世の中には自分よりもっと不幸な人がいると言われても、楽にならなかった。人と比べて、自分の不幸がその人の不幸より小さい気がしても、だからといって、自分の不幸がなくなるというわけではないからだ。

──ま、言いたい人には言わせておけばいいじゃないですか。テキヤで何が悪いんですか？　人を肩書きや職業で差別するような人間なんて、こっちから願い下げですよ。

静流のように思えれば、どれだけ楽だっただろう。

だけど当時、静流のような心境にはなれなかった。今もそうだ。

静流にしたって、渚と同じように子供の頃から父親がテキヤであるという環境で育っていないから、本当の意味で渚の気持ちを理解できない。

そんな中、母の実家という逃げ道があったのは、幸運だった。そういう過去の出来事を思い出さないために、テキヤの娘であることを忘れることにした。母方の実家の人たちも賛同してくれた。瑛太のことも忘れようとした。

なのに──なんでこう、自分は中途半端なんだろう。

またテキヤに関わって、ずるずるとテキヤの仕事をして、結局なにも達成できていない。

自分が無力であることを思い知らされる。

あやかし祭りは失敗したし、協力してくれた人たちに、十分なお礼もできていない。

なにか別のアイディアをと思ったけれど、なにも思いつかない。

あと十日で四十六万なんてどう考えたって間に合わない。また逃げることになる。

瑛太の口車にのせられて、中途半端に関わるくらいなら、最初から関わらなければよかったのではないだろうか。

「渚お嬢さん」

という声に、渚はふりむく。黒マスクに黒いTシャツ姿の男性がそこにいた。

「竹《たけ》さん」

「尊さんにお線香、あげさせてもらっていいですか？」

「どうぞ」

強面《こわもて》だけれど、柔和《にゅうわ》に笑う竹さんの顔を見ると、ほっとする。

竹さんは定期的に、こうやってたずねてきてくれる。線香というのは口実で、渚のことを心配して来てくれたのだろう。

「いやあ、親方からこってり絞《しぼ》られたって聞きましたよ。大丈夫でしたか？」

仏壇《ぶつだん》に手を合わせたあと、竹さんはふりかえる。

「親方の逆鱗《げきりん》は大丈夫だけど、祭りを止められたのは正直きつい」

「ですよね。でも話を聞いたとき、やっぱり尊さんの娘さんだなと思って、ちょっと痛快でした」

「どういう意味？」

渚は聞き返す。

「尊さんも昔、似たようなことをやったことがあるんですよ」

「お父さんが？」

「まだ新人だった頃らしいんですけど、あまりにもたこ焼きが売れなかったので、ちょっと細工《さいく》をしてね」

竹さんはおかしそうに笑った。

「それがまさに逆転の発想だったらしく、馬鹿売れしたらしいんです」

渚は膝をつめる。馬鹿売れ——それこそ、今、聞きたい情報だった。

「真似《まね》する人がいたら大問題だからって、完全に禁止されたんですけどね。その特別なたこ焼きを買いにくるお客で、尊さんのお店はしばらくどこに行っても大行列だったんですよ。それからですかね。尊さんが伝説のたこ焼き職人って呼ばれるようになったのは。尊さんが売るたこ焼きは縁結びだとか、なんだとか、お客が勝手に伝説を作りあげていきましたし」

「特別なたこ焼き……」

　そういえば、静流も同じようなことを言っていなかっただろうか。

「そんなに売れたの？」

「ええ、おもしろいくらい売れたそうです。おやじさんに禁止された後、尊さん、西脇家のご令嬢を射止めたじゃないですか。それから縁結びの伝説に拍車がかかったというか。昨年も、買いたいってお客が何人か来てましたよ」

「お父さん、その後……離婚したから意味がないじゃない。夫婦仲だってよかったとは言えないし」

「まあ、夫婦仲ってのは、当事者にしかわからないものかもしれないですけど。結婚した当初は、本当に仲睦《なかむつ》まじくて、幸せそうな二人だったんですよ」

　第三者から聞く、両親の話は新鮮だった。

「尊さんは人当たりはいいですけど、結構反骨心のある方ですからね。尊さんが生きていれば、渚さんのやったことを見て、やるな、とか思ったかもしれないですね」

「あ……」

　そうだ。そういえば、渚自身も父から聞いたことがあった。

　――渚、いつかお前が大きくなって、大切な人ができたら、特別なたこ焼きを焼いてやるからな。

——特別なたこ焼き?

——ああ、楽しみにしてろよ。

渚は考える。また親方の命令に逆らうことになるのかもしれない。でも、その特別なたこ焼きとやらが手に入れば、五十万作れる可能性が出てくるのではないだろうか。

「竹さん」

帰りしな、渚は竹さんを呼び止める。

十日しかない、ではない。まだ十日もある。

最終日は七月十八日。諦めるのは早いかも知れない。

まだお祭りを仕掛ける機会は残っている。

「竹さん、そのたこ焼きのレシピ、どうやったら手に入ると思う?」

第六章

蟬《せみ》の鳴き声は、暑さに拍車をかける。

時間が経つのは早い。借金の期限まであと一週間。

香典《こうでん》返しの準備もととのい、倉庫の片付けも終わった。

借金はおよそ四十五万。フリマアプリに出品した商品《ネタ》は相変わらず売れていない。

「今だったら手作りマスクのほうが断然売れますよ」と天国《あまくに》は言った。

特別なたこ焼きについて、竹《たけ》さんに聞いてみたけれど、

「いやあ、レシピは正直、自分も知らないんです。あとからほかの若い衆に聞いた話なんで」

「誰に聞いたら教えてくれるかな」

「教えてくれないと思いますよ。おやじさんから禁止されているんで」

竹さんから得られた手がかりは「逆転の発想」ということだけ。

しかし、父の遺品を整理しても、それ以外の手がかりは得られなかった。

でも特別なたこ焼きというものが存在していたのは事実だ。それがあれば、起死回生のたこ焼きになる可能性があった。

静流《しずる》の屋台はどうかというと、瑛太《えいた》の宣伝のおかげで、ぽつぽつお客は増えてきたけれど、一日の売り上げは四桁《けた》。奇跡でも起こらない限り、一週間で四十五万の売り上げは不可能だ。

スマホを見ると、山下《やました》さんからメッセージが入っていた。

借金の返済期限日の七月十八日、山下さんが仕事のイベントで使う日本庭園で会うことになった。日本庭園の使用許可がおりた報告と、その時間の確認だ。

それから母からも。まめに連絡はしていたけれど、一度も西脇《にしわき》家に顔を出さないことを心配していた。渚《なぎさ》がかげでこそこそしていることには気づいているだろう。

母に頼み込めば、四十五万くらいなら用立ててもらえるかもしれない。

だけど、それは最後の手段。

親方にも、瑛太にも啖呵《たんか》を切った手前、できれば自分の力だけで借金を返したかった。

「もう口開《くちあ》けした？」

駐車場に出向いた渚は静流に訊いた。その日、初めて売れたことを「口開け」という。

「すみません、ありがとうございます。今日はなかなか口開かないですね」

そう答えた後、静流は笑った。

「渚さんがテキヤ用語使うの、何度聞いても新鮮です」

「そのくらい知っているよ」

　渚は屋台の後ろでパイプ椅子《いす》に座っている静流の後ろに扇風機を設置する。倉庫を整理していたら、ガラクタ同然の扇風機が出てきた。電源を入れると、うなり音をたてて、回転しはじめた。熱風しか送らないが、それでもましだと思えるほどの暑さだ。

「さっき駐車場《ここ》の大家さんが通りましたよ。認知症が進んでいるみたいで、怒鳴られました。娘さんがあわてて連れ戻しに来たんですけど」

「ああ、榊《さかき》さん」

「あやかし祭り以降、見回りが厳しくなったんですよね」

「いつもお父さんのたこ焼き買いにきてくれたから、ここに来るのが習慣になっているのかもね。静流、少し、休んだら？　店番ならやっておくから」

「大丈夫です。今日は昨日より涼しいですし」

「でも、ずっと店に張り付いていても、売れるってわけじゃないでしょ」

「大丈夫ですよ。尊《たける》さんのたこ焼きなら絶対にお客は戻ってきます」

　そのたこ焼きが焼ければ――の話だ。

「特別なたこ焼きのことだけどさ、静流が知っている手がかりはないかな」

「手がかり……ですか」

静流は考える。特別なたこ焼きの存在は、静流も知っていた。

「自分が知っているのは、尊さんが倒れてからも、特別なたこ焼きを注文するお客が定期的にあらわれたってことです」

「どんなお客?」

「口コミっていうんですかね。縁結びに御利益《ごりやく》があったとか、そのたこ焼きのおかげで、彼氏とうまくいったとか、結婚できたとか……。そのお客が報告がてら、お礼でものすごくたこ焼きを買っていくんです」

「何パック?」

「お一人で十パックとか十五パックとか」

「そんなに?」

「過去、百パック買われた方もいたそうです」

確かにそういう客がいれば、一日でも売り上げが上がるだろう。

渚はアパートに戻り、天国の部屋の扉を叩く。

ネットに強い天国なら、検索すればなにかヒントを探せるのではないだろうか。

「また頼みごとですか」

「お願い」

渚は差し入れのたこ焼きを手渡し、天国を拝む。神様への貢《みつ》ぎ物としては、かなり安物なのだけれど、鰹節《かつおぶし》増量のところに気持ちは込めた。

「その押しの強いところ、本当に尊さんとそっくりですよね」

「どういうこと？」

「でも、ちょっと見直しました」

天国は大粒のたこ焼きを頬張《ほおば》ると、言った。

「あやかし祭りが失敗に終わって、渚さん、お母さんの実家に帰るかなと思ったんですよ。でも、まだ諦めてないんですね」

「諦めてないよ。あやかし祭りだって、またどこかで開催できる可能性はあるし。ここまで来たなら、おやじさんにしっかり借金を返したい。それとは別で、わたし自身、お父さんの特別なたこ焼きっていうのが知りたいの」

「わかりました」

天国は過去の写真を検索しはじめる。天国は宣伝用にお祭りの写真を多く撮っていた。

「確かにそういうお客、たまにですけど、いましたね。大量のたこ焼きを買っていくんです。どこかの会社の社長さんとか、それなりに名のある方って聞きましたけど。写真をチェックしていけば、見つかるかもしれません。ただし、すごいデータ数なんで、顔認識を使ったとしても、時間はかかりますよ」

「買った人の名前――とかはわからないよね」

「それは尊さんしかわからないですよ」

「レシピとかも」

「それも尊さんか、古参の若い衆しか知らないでしょうね」

「そっか。そうだよね」

結局、特別なたこ焼きを買った人を探すのも、レシピを見つけるにも時間がかかる。一週間で売り上げを出すのは無謀《むぼう》なのだろうか。

そう思ったとき、

「ああ、でも渚さん、そのたこ焼きのレシピはわからないですけど、材料ならわかるんじゃないですか？」

天国がぼそりと言った。

「材料？」

「訊けばいいんですよ。あの人に」


特別なメニューの材料は、仕入れの食材を見ればわかる。

そういうときに便利な人がいる。天国の助言はもっともだった。でも、その相手がよりにもよってこいつだ。

「尊さんの特別なたこ焼きねえ」

三白眼《さんぱくがん》を細め、瑛太は呟《つぶや》いた。彼を前にすると、自然と渚の眉間《みけん》に皺《しわ》が寄る。

瑛太の配達ルートは、大多幸《おおたこ》のたこ焼き屋が最後らしく、休憩がてら、たこ焼きを注文した。常連だからこその、細かいリクエストはあるけれど、毎日よく飽きずにたこ焼きを食べられるものだと、ある意味感心する。

「聞いたことない？」

「知らないな。ここ数年は特にかわったものを仕入れてはいなかったけど。調べたいのか」

「うん」

「わかった。過去の仕入れはデータ化されているかどうかわからないけど、親父《おやじ》に訊いてみる。明日の朝には回答できると思う」

面倒くさそうな作業なのに、すぐに引き受けてくれたことに驚いた。

「あ……ありがとう」

「で、借金は返せそうなのか？　ああ、母親に泣きつけばどうにかなるか」

「心配されなくても、自分でどうにかするよ！」

どうにもならなくて困っているのに、瑛太に訊かれるとつい反発してしまう。

「ふーん」

静流のたこ焼きを食べ終わっても、瑛太はその場を離れなかった。

「なあ、散歩行かないか？」

瑛太が唐突《とうとつ》に言った。

「なんで？」

「家の中にこもっていても、いいアイディアは浮かばないだろう？　おごってやるよ」

コンビニにアイスコーヒーでも買いにいこう、と強引に瑛太に連れ出された。

一日中働いてくたくただし、外もまだ熱気がこもっているしで、正直、歩きたい気分ではなかった。けれど、渚は黙って瑛太の後ろを歩いた。

コンビニまで徒歩で七分ほどだ。

「夏にたこ焼きが売れないのはある意味、仕方ないよ。尊さんだって真夏の住宅街で商売したことなかっただろうし。この状況下だったら、尊さんでも赤字だったかもしれない」

瑛太がぼそりと言った。もしかして慰めてくれているのだろうか――と思ったけれど、すぐに考えを打ち消した。

（いや、まさか。あの瑛太に限って……）

でも、すぐにスーパーでの瑛太の姿が思い浮かぶ。考えれば考えるほど、頭が混乱する。瑛太は悪いやつだ。なのに対峙《たいじ》すると、その輪郭《りんかく》がぼやける。五年前の瑛太に、今の瑛太が上書きされていくうちに、どんな人なのかわからなくなった。

「あやかし祭り、残念だったな」

前を歩く瑛太が言った。

「結構派手にやったんだってな。親方に相当叱《しか》られたって？」

「まあね」

「借金返済、諦めるのか？」

「なに言ってんの。諦めるわけないじゃん！」

なぜ瑛太の言葉には瞬間的に反発してしまうのだろう。こうやっていつも逃げ道を失ってしまう。

「だよな」と、ふりかえり、瑛太はにっと笑う。

「相変わらず、あちーな。コロナじゃなければ、今頃、縁日だったのにな」

暗い坂道を下りながら、瑛太は話題をかえた。

「弘明寺《ぐみょうじ》の縁日」

「さすが、すぐに出てくるな」

顔を見なくても、瑛太がにっと笑っているのが感じられた。

七月と八月は、横浜《よこはま》市南《みなみ》区の弘明寺商店街内で行われる「三八縁日」。

「三」は大聖歓喜天《だいしょうかんぎてん》様のご縁日、「八」は十一面観音菩薩《じゅういちめんかんのんぼさつ》様のご縁日として、七月、八月の「三」と「八」がつく日に開催される。

弘明寺商店街のアーケードの下、両端に様々な屋台が並び、盛り上がる。もちろん、渚の父のたこ焼きも出店した。

「七月といえば、平塚《ひらつか》の七夕《たなばた》祭りにも店出してたな」

空を見上げながら、瑛太が言った。曇っていて星は見えなかった。

「平塚は毎年、行ってたよ」

答えながら、渚は思った。静流の言ったとおりだ。瑛太は、渚たちが出店していたお祭りや縁日に足を運んでいたのだ。

(てっきり暇なのかと思っていたけれど……)

七月の第一金曜から三日間開催される湘南《しょうなん》ひらつか七夕まつり。

毎年一五〇万人以上の人が訪れる関東最大級のお祭りで、七夕飾りの豪華さでは日本一と言われる。大きな川の流れのように人が流れてくる。規模が大きく、人が多すぎて、見ているだけで溺《おぼ》れそうになった。

「あれはやばかったな。俺が行った中では一番やばい祭りだった」

思い出すように瑛太が言った。

「いつ行ったの」

「二年前。鶏皮焼き売った」

「ああ、そっか」

瑛太がテキヤのバイトを続けていたという話は聞いていた。

「なんかいいな」

そう言うと、瑛太は軽くのびをした。

「なにが？」

「こうやって渚と、お祭りの話がしてみたかった」

「そう？　なんだか変な感じ」

あたりが薄暗くて、お互いの顔がよく見えないからこそ、言葉がスムーズに出てきた。

前を歩いていたはずの瑛太は、いつの間にか渚の隣にきていた。

少しのばせば、手が届くところにあった。だけど、彼は山下さんのように、手をつなごうとはしなかった。そのことに、少し残念な気持ちでいることに、渚は驚いた。

「渚がなにを見てきたのか、知りたかった。俺、昔は何も知らなかったから。それで——渚に悪いことをした」

「いいよ。もう。気にしていないから」

「気にしているだろ。お前、しょうもないことを結構ひきずるタイプだから」

「しょうもないこと？」

渚は目をむいた。

「テキヤがいやだとか。皆、家族旅行に行っているのに自分だけ行けてないとか、皆が持っているゲームを持ってないとか」

「しょうもなくない。事実じゃん。テキヤの仕事手伝わされて、皆と遊びに行けなかったし」

「俺もそうだよ」

瑛太は声を上げた。

「子供の頃から休み返上で、スーパーの手伝いをさせられた」

「だからなに？　夏休みに家族で遊園地行ったくせに」

「誘ってやっただろ。車出すから一緒に行かないかって」

「行けるわけないじゃん。日曜なんて」

「そっかー、お祭りか」

瑛太ははっとしたように言った。

「悪い。俺、テキヤのバイトやって初めて、人間の想像力の限界を知ったんだよな」

「なにそれ」

「まあ、子供の想像力の限界っていうかさ。例えば、大人が仕事で忙しいって言っても、子供からすると、自分の世界がすべてだから、漠然《ばくぜん》とああ忙しいんだってことしかわからないじゃん。で、実際に現場を見て、やっと忙しいってのを認識するっていうか。要するに、渚の大変さをわかっていなかった。めちゃきついもん」

瑛太はそのときのことを思い出すような口調で言った。

「最初はテキヤのバイト、日当一万五千円で結構いいと思った。前年より売り上げがあがると、色つけてもらえるし。ただ、めちゃくちゃきつかった。遠方だと朝四時起きとか五時起きはざらだし、その後も商品《ネタ》を運搬したり、トラックに積んだり、屋台を組み立てたり……ずっと立ちっぱなしだし」

そう。日当につられて、バイトを志願する人は多い。だけど、長続きする人は意外と少ない。土日と二日連続である場合、初日で疲労困憊《ひろうこんぱい》し、二日目はドタキャンする人もいる。

「イベント会場によっては、ラッシュ時にあわせて昼間から焼き溜めするし。焼いても焼いても売れるというのは、ある意味すごいことなんだけど、こっちは休みがないから地獄だった。お客がいないときは、適宜《てきぎ》休めるといっても、テキヤの先輩は強面《こわもて》で、怒るとこわい人がいるし、変なお客が来たら、メンタルにくるし」

コンビニの前で瑛太は足をとめた。ちょっと待ってろ、と言うと、アイスコーヒーを買って出てきた。手渡された容器は氷がたっぷりで、持っているだけでも心地よかった。

「渚は十代の頃から、そういう大人たちと互角以上にわたりあっていた」

「子供の頃から知っているから、慣れているだけだよ」

「静流も尊敬してたよ。親方に怒鳴られても平然としてたって」

「あれは聞き流したほうがいいの。下手《へた》に謝ると余計に怒鳴られるから」

「尊さん、今、渚がやっていることを知ったら喜ぶだろうな」

「お父さんが？　なんでよ」

「そりゃ、喜ぶだろ」

「喜ぶはずないよ。わたし、お父さんに対してひどいことしたもの」

「そうか？　ま、渚がなにをしたか知らないけど、特に気にしてないんじゃないのか。あの人はそういう人じゃない。テキヤバイトをやっているとき、俺は尊さんの偉大さを知ったよ」

瑛太はストローをさし、アイスコーヒーをすする。

「お父さんの？　どこが？」

「あの人、マジすげーよ。地獄のラッシュのときにずっと笑ってんだよ」

「接客だから笑うのは当たり前じゃん。スーパーでも皆笑ってるでしょ」

「そういうの、当たり前じゃないんだって。つらいときこそ笑えって、口では簡単に言えるけど、実際はマジできつい。でも、最近になって思うんだよな。尊さんの言うことは正しかった。笑っていれば、それでいいんだ」


——つらいときこそ、笑え。笑っておけば、そのうちいいこともあるよ。

それは——いつも、父が話していたことだった。

渚の鼓動の音が大きくなる。まさか、瑛太の口から父の言葉が聞けるとは思っていなかった。五年間、一度も聞いていない父の言葉が。

コンビニの駐車場で立ち話した後、そろそろ帰るか――と瑛太がスマホを見て言った。スーパーの残業が残っているらしい。

じゃ、と別れようとすると、送っていくよ、と言った。五年前の瑛太からすると、考えられない言葉だった。ああ、そうか――と渚は思い直す。そうじゃない。五年も経ったのだ。

帰り道も瑛太は渚に絡んできた。

「お前、尊さんが静流を拾ったことがショックだったんだろ？」

「突然、なに言ってんの」

「素直になれよ。尊さんに認めてもらいたかったくせに。理想の男性はって聞かれて、お父さんって答えるようなやつだったよ、お前は」

「違うよ。わたしはお父さんのこと別になんとも」

「静流のまっすぐなところ――昔の渚っぽいもんな」

「昔のわたし？」

「ああ、テキヤが好きで、たこ焼きが好きでたまらないところ。尊さんの背中を追いかけていたところ」

「違うよ。……わたしのほうが断然、器用だった」

「そうやって張り合うところも、渚らしい」

瑛太はにっと笑った。

前言撤回だ。人の揚げ足《あし》をとるところは、まったく昔と変わっていない。

「瑛太にはわたしの気持ちはわからないよ。全然謝ってくれないし」

「謝って楽になるのか？」

「悪いことしたら謝罪するのが当然でしょ？」

「謝罪ねえ。そのつもりがなかったわけじゃないけど、正直、俺は――悪いことをしたと思っていない」

「ほら、やっぱり瑛太は全然わかってない」

「うん、わからないと思う。だから知りたい。話してみろよ」

隣にいる瑛太の声が、なぜかこの日はやさしい気がした。

「めちゃくちゃ愚痴《ぐち》になるよ」

「いいよ」

渚は大きく息を吐く。夜が深まり、気温が下がってくると呼吸が楽になった。

テキヤの娘であることがどれだけいやだったか。どれだけ苦労したか。まるで毒のような言葉を、口から吐いた。

瑛太への嫌がらせだったのに、瑛太にはまったく響いていなかった。それが悔《くや》しかった。

「子供のときに、一度でいいから、家族旅行に行きたかった。友達と遊びたかった。週末は皆と出かけて、買い物したり、カラオケに行ったりしたかった。普通にお祭りに行きたかった」

「毎年、行っていたじゃないか。各地の珍しい花火大会まで」

「そうだけど――」

「あ、悪い。聞いてるから」

渚の表情を見て、瑛太は自分の意見をひっこめた。

「浴衣《ゆかた》を着たかった。浴衣を着て、友達と……普通に夏祭りに行きたかった。お祭りを――別の立場から楽しみたかった。純粋に楽しむ立場になってみたかった」

テキヤというのは、お祭りを盛り上げる側だ。

花火大会にいても、ほとんど花火を見ることができない。場所《ショバ》によっては、花火の影も形も見えないこともある。だから、会場にいても、お客のように花火を楽しむことはない。

たこ焼きを焼くのは、一種のエンターテインメントで、それを見るためにお客さんが集まってくるのは楽しい。でも、お店に買いにきてくれる浴衣姿の子を見て、いつもうらやましいと思った。

「高校二年のときだっけ。厚木《あつぎ》の花火大会だったよな。お前の友達とかいう女の連れに、お前、惚《ほ》れてただろ」

　瑛太がぼそりと言った。

「なによ、急に」

「お前、昔からあの手の顔に弱い」

「関係ないでしょ」

「今だからこそ言えるけど、あいつ、お前の友達とつきあってたんだよ」

「なにそれ」

「有名な話だよ。花火大会のときのいちゃつき具合、見ててもわかっただろ？」

　そんなの、わかるはずない。そんなの——友達と遭遇《そうぐう》したショックで、まったくまわりを見ていなかった。

「あの子はわたしが気になっている人を知って、セッティングしてくれたって……」

「本当かな。単に自分の彼氏を見せびらかしたかっただけじゃねーの？」

「そんな子じゃ——」

「そんな子だっただろ」

　瑛太はぴしゃりと言う。

「あんまりお前の友達のこと悪く言いたくないけど——そんな子だよ。お前がテキヤの娘ってことを隠していたのを知らずに、ばらした俺も悪かったけど、それを言いふらすお前の友達の人間性だって、どうかしているよ。正直、友達じゃなかったんじゃないのか」

「それは——」

渚は言いよどむ。あのときは、普通の友達ができてうれしかった。

友達と、テキヤじゃない話ができることが幸せだった。

頭の中がぐるぐる回る。なにが本当で、なにが嘘かわからない。また瑛太の口車にのせられたのではないだろうか。

並んで歩いているうちに、いつの間にか父のアパートの前まで戻っていた。

瑛太はアパートの裏の駐車場に停めていた車に乗り込み、エンジンをかける。

「瑛太、あの……」

「ま、やるだけやってみろよ」

瑛太は窓を開け、渚に言った。

「味方っていうのは意外と近くにいる。姿が見えなくても、応援している人ってのは絶対にいるから。がんばれ」

そう言い残すと、瑛太の車は走り去った。

飲みかけのアイスコーヒーのカップを持ったまま、渚は立ち尽くした。

どうしよう。もしかしたら、何年も自分は誤解していたのだろうか。

瑛太が話したことが本当なら、謝るべきだったのは自分ではないのだろうか。

単に、自分が人を見る目がなかったという話だったのではないだろうか。

渚は空を見上げる。

そう……なのかもしれない。本当の友達なら、渚が嫌がっていたことを、おもしろおかしく人に伝えるようなことはしない。なのに、恋に夢中になっていて、なにも見えていなかった。全部、瑛太のせいにしてしまった。

いや、きっと誰かのせいにしてしまいたかったのだろう。

その人のせいで、自分は苦しんでいると――。そう見せつけることで、その人を苦しませたかったのだろう。

自分は、瑛太を苦しめようとした、最悪な人間だ。

渚はアパートに戻る。

友達と一緒にお祭りに行けなかったのは、逆によかったのだろうか。

もし、行けていたら、どうなったのだろう。失恋して、ショックを受けていたかもしれない。だけどテキヤに対して、今ほど嫌悪感を抱いていなかったような気がする。

――尊さん、今、渚がやっていることを知ったら喜ぶだろうな。

――お父さんが？　なんでよ。

――そりゃ、喜ぶだろ。

——喜ぶはずないよ。わたし、お父さんに対してひどいことしたもの。

——そうか？　ま、渚がなにをしたか知らないけど、特に気にしてないんじゃないのか。

あの人はそういう人じゃない。テキヤバイトをやっているとき、俺は尊さんの偉大さを知ったよ。


過ぎた時間は戻ってこない。だけどあのときお祭りに行けていたら、父に対して、絶対にあんなことを言わなかったと思う。瑛太は、父は気にしていないと断言していたけれど。

渚は自分の部屋に入ると、布団をしき、横たわる。

枕は、子供の頃から使っていたもの。カバーを洗濯《せんたく》しても、昔のにおいが残っている。

記憶の彼方《かなた》に封印していたけれど、父のアパートで暮らすうちに思い出してしまった。

あれは確か、両親が離婚する少し前のことだった。

この先の進路のことで、父と口論になった。


——勝手にわたしの将来を決めないでよ。どうして親方に、わたしが後を継ぐなんてことを言ったの。わたしの人生をこれ以上、めちゃくちゃにしないで。テキヤなんて恥ずかしい仕事、絶対にやらない。お父さんにわたしの気持ちなんてわからない。

——お祭りなんて全然好きじゃない。たこ焼きなんて二度と焼かない。お父さんのたこ焼きと比べられるのもいや。友達に馬鹿にされるのもいや。もう厄介事《やっかいごと》に巻き込まれるのもいや。お父さんの顔なんて、二度と見たくない。

その言葉を五年間、ずっと撤回できなかった。そのときはそれでいいと思った。ひどい言葉を言われて、父が少しでも苦しめばいいと思った。

どうしてあんなことを言ってしまったんだろう。

呪いのような言葉は、自分も苦しめることになるのに。

後悔《こうかい》すればするほど、納得する。なぜ自分には父のようなたこ焼きが焼けないのか。

自分勝手で、冷たい人間だからだ。だから、特別なたこ焼きを教えてもらえなかったのかもしれない。

——渚、いつかお前が大きくなって、大切な人ができたら、特別なたこ焼きを焼いてやるからな。

今になって無性に、そのたこ焼きが知りたくなった。父は一体、どんなたこ焼きを、自分に食べさせたかったのだろう。

＊＊＊

翌朝。

「大多古《おおたこ》」の表札の前で、渚は躊躇《ちゅうちょ》する。

親方に用があるわけではない。用があるのは、親方のところで雑用をしている古参の若い衆だ。彼らなら、父の特別なたこ焼きの正体を知っているかもしれない。

昨日の深夜、瑛太から電話がきた。残業のついでに調べてくれたらしい。

「購入履歴を遡《さかのぼ》ったけど、とりたてて変な食材はなかった。おやじにも聞いたけど、何十年もの間、ずっと同じものしか買っていないらしい」

「タピオカ粉とかも？」

「ないない。そんな珍しいもの注文されたら、印象的だからこっちも覚えているよ」

「ということは、お父さんは、本当にたこ焼きの材料しか注文していなかったってこと」

「だな」

たこ焼きの材料はずっと瑛太のところの業務用スーパーでしか仕入れていない。だとしたら、普通のたこ焼きの材料で作れるものということだ。

竹さんは逆転の発想と言ったけれど、一体、どんなたこ焼きを作ったのだろう。

馬鹿売れしたという、その正体が知りたかった。

覚悟を決め、インターフォンを押そうとしたとき、

「おやじさんにご用でしたら、出直したほうがいいですよ。今からお出かけみたいなので——」

親方の家から出てくるかげがあった。

黒いパンツスーツに、黒い革靴《かわぐつ》は、普段、肉体労働で動きやすい格好をしているテキヤの人間からすると、かなりの正装だ。

その人の顔を見た渚は驚いた。

「咲良《さくら》！」

「渚ちゃん？」

その人も、渚の顔を見て、目をぱちくりさせた。

「渚ちゃんだよね。うわあ、懐かしい。何年ぶり？　大学卒業したんだっけ？　すごい別人みたい」

「咲良こそ、どうしたのその格好」

咲良はそれにには答えず、へへへと照れくさそうに笑った。

「渚ちゃんのお父さんのこと、聞いたよ。なにもできなくてごめん。ちょうどこれから、渚ちゃんのところに寄らせてもらおうと思っていたの。行っていい？」

「それはもちろん」

そういえば、あれだけ親しくしていたのに、父が亡くなってから、咲良の家から一度も連絡がなかった。天国と鬼束《おにづか》から話を聞いていたのに、自分から連絡をとることもしなかった。つらい事情を知ると、声をかけづらくなってしまう。

道すがら、渚は咲良に訊いた。

「おやじさんに呼ばれたの？」

「そうじゃなくて、挨拶《あいさつ》に寄らしてもらったの。うち、テキヤをやめることになったんだよね」

その話は先日、天国から聞いた。

「コロナで仕事が入らないから、お父さんがすごい借金作っちゃって。結局マンション引き払って、親戚《しんせき》の家に引っ越したの。っていっても伊豆《いず》だから、そこまで遠くないんだけど。今日はついでに就活もしてきたの」

量販店の安いスーツなんだけどね、と言って、咲良は笑った。

「おやじさんにお金を借りるにも、おやじさんも苦しいみたいでさ。もう、本当にコロナが憎いよ。七月、八月って、お祭りや花火大会のオンパレードで稼《かせ》ぎ時なのに身動きとれないし。お祭りがないとなんかストレス発散できなくて、気が沈むよね」

渚は黙って咲良の話を聞いた。

咲良は渚に笑いかける。

「そうそう、『あやかし祭り』の動画、観たよ。貧乏神《びんぼうがみ》が送ってきてくれたの」

「ありがとう。おやじさんにばれて、あっさり挫折《ざせつ》したんだけどね。天国と鬼束がすごく協力してくれたんだけど、今も各方面へのお詫《わ》びメールに追われているみたいで、申し訳ないっていうか……」

「がんばっているな……って感心した。ああいう手があるんだなって。実はうちも弟がYouTuberで、テキヤちゃんねるみたいなのを作ろうとしたの」

その話も、天国と鬼束から聞いた。咲良と親交のある天国と鬼束が、咲良の家の焼きそばのネット販売をしようとしたが、上からの圧力で断念したという。

「テキヤのイメージアップも兼ねて、宣伝にもなるのに、おやじさんに猛反対されて、しかもほかの若い衆たちからもすごく怒られたの。今日もそうだった」

咲良は溜息交じりに言った。

「テキヤ業界って古すぎるんだよ。おやじさんは十一月の酉《とり》の市《いち》さえあれば、どうにかなるって言っているけど、酉の市がおこなわれる保証なんてどこにもない。開催されたとしても、出店できるかどうかもわからない。だったら、今から酉の市で売る熊手《くまで》を、どうやって売るか考えないといけないのに――ネット宣伝したり、販売したり、準備もしない。ただ待っているだけなの。こんなんじゃ、テキヤの将来はないよ」

咲良はやりきれない思いを吐露《とろ》する。コロナで社会の構造が変わっていっているときに、テキヤは相変わらず昭和時代初期のままだ。

「で、渚ちゃんはおやじさんになんの用だったの？」

咲良に促され、実は――と渚は特別なたこ焼きの話をした。

「それ……もしかしたら、わかるかもしれない」

と言って、咲良は考え込んだ。

「マジで？　見たことある？」

「あるよ。あるけど――うちの親に確認したほうが確実かな。多分、知っていると思う」

咲良の両親もテキヤで、渚の父とのつきあいは長い。

「なにを使っていた？」

「見た目は一緒だった」

「一緒？」

「そう。普通のたこ焼きなの」

アパートに着き、仏壇《ぶつだん》の前で手をあわせると、渚と咲良は裏の駐車場に行った。

咲良の顔を見て、店番をしていた静流が「いらっしゃい」と声をかけ、パイプ椅子《いす》を用意する。

「ってことは、結局、普通のたこ焼きを焼かないといけないってことか」

渚の言葉に咲良はうなずく。

「そうだと思う。微妙に味付けが違うか、中の具が違うんじゃないかな」

「なるほどね」

渚の言葉を聞きながら、咲良はスマホを確認する。

「もうすぐ昼休みだから、すぐお父さんから返事くると思うよ」

咲良の前に、静流が「よかったら」と、たこ焼きを差し出す。「うわあ、なつかしい」

と咲良は喜んだ。

「その特別なたこ焼きって、おやじさんに禁止されたやつらしいんだけど、教えてもらって大丈夫かな」

「大丈夫だよ。うちはテキヤやめるから」

咲良はいたずらっぽく笑うと、鞄《かばん》の中からタッパーをとりだした。

「たこ焼きのお返し。待っている間、これ、食べない？」

それは咲良の家が長年お祭りで作っていた焼きそばだった。

無性になつかしかった。隣り合う屋台で、よくこうやって咲良と自分のところの商品を交換して食べた。

たこ焼きを頬張《ほおば》る咲良の隣に座り、渚も割り箸《ばし》を割って、焼きそばを食べる。野菜たっぷりで、イカの風味がただよう。焦げている麺の食感がいい。ここのところずっとたこ焼きを食べていたから、違うメニューがありがたい。

「屋台の焼きそばってなんでおいしいのかな。自分で作るとちょっとべちゃべちゃになっちゃうんだよね」

「渚ちゃん、焼きそば作ることあるの？　お嬢様になったって聞いたのに」

「あるよ。基本、一人暮らししていたし、家にいるときも、皆に隠れてこっそりインスタントの作って食べてた」

「マジで」

咲良は声をたてて笑った後、渚に言った。

「うちの焼きそばのコツは具と麺を別々で炒《いた》めること。炒めるときにラードを使うことと、麺をちょっと焦がすことかな。ラードってうまみが出るよね。あとは、紅生姜《べにしょうが》と青のりがあるだけで、なんとなくそれっぽくなる」

「いつも食べていたから、この味が最高においしい。この味が食べられなくなるなんて、ショック」

「ありがとう。そう言ってくれるのは、渚ちゃんくらいだよ」

「本当だよ。この焼きそばが普通に売っていたら、絶対に買いにいくと思う。定期的に食べたくなる味だし――」

言った後で、渚は、はっとした。自分が言った言葉にひっかかりを感じた。

自分は、根本的に考え違いをしていたのではないだろうか。

お客さんが求めているものはひょっとして――。

咲良は渚を見つめた。

「テキヤの仕事、きつかったけど、渚ちゃんと会うのいつも楽しみだった。同じ年頃の女の子ってほかにいないから」

そうだった。すっかり忘れていたけれど、テキヤもいやなことばかりでもなかった。

咲良とは小学生の頃からのつきあいで、月に数回、お祭りで会うのが楽しみだった。

屋台を組み立てた後、お客が来るラッシュまでは、二人でおしゃべりした。

「最後に一緒に仕事したの、初詣《はつもうで》だっけ」

「そう、寒川《さむかわ》神社」

「あれ、めちゃくちゃきつかったよね」

神奈川県の寒川神社は全国で唯一八方除《はっぽうよ》けの神様が祀《まつ》られている。

大晦日《おおみそか》から正月にかけての出店は、稼ぎ時といえば稼ぎ時だけれど、体力的にも精神的にもがっつり削られる。

初詣の参道はびっしり人で埋まる。

お店にひっきりなしにお客さんがやってくるから、連日、睡眠時間はほとんどとれない。

交代要員がいない場合、徹夜ということもある。懇意《こんい》にしている近所の農家さんの敷地にテントを張らせてもらって、仮眠をとるのが精いっぱい。

渚や咲良の場合は、当時、中学生ということもあって、さすがに徹夜は強《し》いられなかったし、早めに帰してもらえたけれど、人によっては五十時間以上徹夜というのもざらだった。渚の父も、寝ながらたこ焼きを焼いていることもあった。

そして五日まで働き終えると、境内《けいだい》の大掃除《おおそうじ》をし、次は成人式まで連日で働く。渚と咲良は冬休みが終わると、学業に戻れたが、それでもトラブルがあるとかり出されることもあった。皆、いつしか心の中で「はやく二月になれー」と唱えるようになる。

この地方では、二月はお祭りがないシーズンだからだ。

「渚ちゃんとはそれ以来だったよね」

「だね」

「呼び込みやっている渚ちゃん、かっこよかったよ。すごく声が通るじゃん。ざわざわした場所でも、誰が大声でしゃべっていても、どこにいても響く声」

咲良は思い出すように目を細めると、空を見上げた。

「すごく楽しかった。あの時間がすごく好きだった。めちゃくちゃ忙しいけれど、焼きそばが売れたときとか、お客さんが喜んでくれたときとか、本当にうれしかった。できればもっと長く続けたかった。あやかし祭り、言ってくれればわたしも飛んできたのに」

「マジで？　焼きそば焼いてくれた？」

「当たり前じゃん。声をかけたら、ほかにも協力してくれる人いたと思うよ。人が集まりすぎるのがだめなら、商品《ネタ》だけ委託販売ってことにしてもいいし。おやじさんの目があってもなんでも、やっぱり皆、お祭りが好きなんだよ。人が集まるところにいたいし、お客さんの顔が見たい。コロナ禍《か》じゃなかったら、テキヤ、やめたくなかったよ」

「よく、やめられたね」

渚は言った。昔と違って、若い衆が減り、テキヤもアルバイトで店を回すことが多くなった。だからこそ、生粋《きっすい》のテキヤを親方は手放したがらない。咲良の家の焼きそばは、とりわけ売れ筋商品だった。

「うちは家族が多いからね。食べていけないって言ったら、ひきとめられなかった。でも、今後、不安しかないよ。就活うまくやっていけるのかなって。皆、若いから大丈夫って言うんだけど、あの売り上げを経験しちゃったら、まっとうな商売できるのかなって」

それはわかる。

短期だけれど、渚はパティスリーで働いた経験がある。大学時代もアルバイトをした。会社員の給料は安定している。一カ月このくらいだろうという目安を大幅にこえることはない。でも、屋台の仕事は、不安定ではあるけれど、儲《もう》かるときは本当に儲かる。運要素も多いけれど、自分のがんばりしだいで、大きく変動する。

咲良は立ち上がり、のびをした。

「あー、こういう気分のときは、尊さんのたこ焼きが食べたい。あ……渚ちゃんのたこ焼きが美味《おい》しくないってわけじゃないよ。ただ、知っている味だから——食べたらほっとするというか」

「わかるよ」

渚はうなずいた。

それがお客の本音なのかもしれなかった。そして食紅《しょくべに》を使った、新しいたこ焼きの売れ行きがよくない原因のひとつ。

まずいわけではない。だけどかつてうちのたこ焼きを食べにきてくれていた人は、父のたこ焼きを食べたいと思っている。長年、食べ慣れた味を。

どのお客をターゲットにするかによって、求められるものは違う。

「自粛《じしゅく》、自粛で、気が滅入《めい》る。人命優先だから、仕方ないってわかっているよ。だからこそ、そんなときに大きいことを仕掛けた渚ちゃんにすごく励《はげ》まされた」

「借金返済という目的があったからだよ」

「でも、端《はた》から見ていてワクワクした」

咲良は歯を見せて笑った後で、やば、これから面接なのに、歯に青のりついてない？とスマホの鏡を見た。

「テキヤをやっているときは、実感がなかったんだけど、今になって思うよ。お祭りってすごく大事な行事だったんだよね」

咲良はさてと――と黒いバッグを持つと、なにかを決意した目で渚を見つめた。

「特別なたこ焼きの情報は、今転送しておいたよ。わたしもがんばるから、渚ちゃんもがんばれ。いつかまた、一緒にお祭りをやろう」

「やろう」

自然と渚の口から、その言葉が出た。

やれるはずなんてないのに。西脇家に戻ったら、テキヤと縁を切るのに――。咲良を前にすると、その思いがなぜか吹っ飛んでいた。

「最後に、あれ、やろっか」

「酉《とり》の市《いち》のあれ？」

「そう。渚ちゃん、得意だったじゃん」

「やだよ。もう忘れた。ここでやんの？　めっちゃ恥ずかしい」

「なんでよ」

若い女性は、親方の命令で、酉の市の熊手《くまで》の販売にまわされることがあった。熊手が売れたときの独特の、手締めと言われるかけ声がある。

熊手を買ったお客のまわりに集《つど》い、皆でその人の来年の福を祈念する。

「じゃ、わたしがやってあげる」

咲良は誰もいない人通りで深呼吸すると、大声で言った。

「家内安全、交通安全、商売繁盛《はんじょう》、無病息災《むびょうそくさい》」

火打ち石で打つまねをする。

「大多幸様、西脇渚様が来年一年、益々《ますます》栄えますように！」

その声は渚へのエールだった。

「よよよい、よよよい、よよよいよい」

その様子を静流と、駐車場に横たわっている猫たちが眺めていた。

第七章

咲良《さくら》の両親のおかげで、特別なたこ焼きのレシピはなんとなくわかった。

だけど、なぜそれが馬鹿売れしたのかまでは理解できなかった。

わかったことは一つ。そのたこ焼きを作るためには、ごく普通のたこ焼きを焼かないといけないということ。父と同じようなたこ焼きを。

課題は振り出しへと戻る。

あと六日で四十五万の売り上げなど不可能かもしれない。でも、諦めたくはなかった。

もう一度、お祭りを仕掛けるチャンスはある。その連絡はした。

渚《なぎさ》はスマホを見る。まだ回答はない。

「渚さん、なにかお手伝いすることないですか？　たこ焼き買うお金はないですけど、できることがあればやりますんで」

あやかし祭りで協力してくれた俳優の卵たちが店に来る。

「あれ、マジで楽しかったですよね。どこか場所があれば、またやりたいんですけどね」

「今年は中止が決まったんですけど、学園祭とかがまたできるようになったら、たこ焼きの出店とか相談させてほしいです」

「そのときはぜひよろしく」

来年のことなど、正直考えられなかった。

ただ、たこ焼きを焼くのはあと六日だけ。そう思うと、自然と店に足が向き、自分でたこ焼きを焼いた。

静流《しずる》は、渚が指導してくれているとでも思ったらしい。渚の手元を見ながら、自分なりに気づいたことはメモしていた。焼いていくうちに勘は取り戻していった。自分のたこ焼きに及第点が出せるようにはなったが、何度焼いても、父のような味にはならなかった。

しかし、不思議なことに、渚が店に立ちはじめてから、お客が少しずつ、戻ってきた。

父のたこ焼きを食べたくなった人、父の話がしたくなった人が店に訪れる。

「渚ちゃん、こんにちは」

「あ、甲斐《かい》さん、こんにちは。仕事帰りですか？」

「ええ、ここで一休みしていってもいいかしら」

「はい、どうぞ」

パイプ椅子《いす》の数は二つ増えた。

「ねえ、あやかし祭りの会場、ここだったって本当？」

「よくご存じですね」

「うちの姪《めい》っ子に聞かれたのよ。知らなかったわ。ネットで流行《はや》ってたんだって？」

「一瞬ですよ。秒で終わりました」

「お祭りやっているなんて、言ってくれたら、わたしも行ってみたかったのに」

「本当ですか？　入場料三千円ですよ」

「ご近所割ってないの？」

「たこ焼きを余分に買ってくださったら」

「まあ、商売上手ね。そのときのたこ焼きって今も売ってるの？」

「はい。今、お作りしましょうか？」

「いくら？」

「試作品なのでお代いいですよ。美味しかったらまた買いにきてください。姪っ子さんによろしく」

渚はマーブル色のたこ焼きをパックに詰める。十回に一回は、あやかし祭りのたこ焼きが出る。ネットでたまに話題が出るらしい。ここで買える――と呟《つぶや》いてくれているのは、鬼束《おにづか》の知人や友人たちだ。ありがたく、裏メニューということにしている。

「無料にして大丈夫ですか？　まだ借金があるのに」

静流が心配そうな顔で渚を見る。

「まあ、甲斐さんは元常連さんだし」

そのうち、またたこ焼きを買いにきてくれるのは確かだ。

「それ、尊《たける》さんがやっていることと同じですね」

「そうかもね」

渚は苦笑する。

無心でたこ焼きを焼いていると、利益はどうでもよくなっている。そんなふうに考えてはいけないのだけれど。

商売人としては失格だが、客が喜んでくれればうれしい。美味《おい》しいと言ってくれればなによりうれしい。その客がまた来てくれたら、これほどうれしいことはない。

そう思えるようになったのは、残された時間がわずかだからだ。

最後の一日にすべてをかけたい。

「渚ちゃんじゃない。帰ってきたの」

「はい、ご無沙汰《ぶさた》いたしております」

「お父さんは大変だったわねえ」

こうしてお客と立ち話をするのも日常になった。かつて父がしていたように。

当時は、なかなか家に帰らない父に目くじらを立てていたけれど、こうやってお客と世間話をするのも大事だと、今ならわかる。お客から聞く情報は有益なことが多いし、なによりお客は人につく。世間話をして、親しくなり、信頼関係を築くのも大切だ。

けれど、その時間ももうすぐ終わる。十八日には渚はここを発《た》つ。前の生活に戻って、山下《やました》さんと会う。そっちが自分にとって本当の日常だ。

その前に、借金を返す。最後に四十五万円を稼《かせ》ぐ仕掛けは、まだ残っている。

「渚ちゃん、眠れてる？　大丈夫？」

ぼーっとしていると、ご近所の横田《よこた》さんが心配そうに、見上げていた。横田さんは渚が小学生のときから店に買いにきてくれたお客だ。暑い日に、アイスコーヒーを差し入れてくれたこともある。

「はい。おかげさまで」

「言ったかしら。わたしも――四年前、父を亡くしたの」

たこ焼きをつまみながら、横田さんは話しはじめた。

「横田さん、わたしが小さいときからお父様の介護をされていましたよね」

「そうなの。長かったわ。十五年だもの。父もつらかったと思うの。プライドが高い人だから、お世話されるのは好きじゃなかったでしょうし、最後のほうはずっと苦しんでいたから。お迎えが来たときに、やっとすごく楽な顔になって……。遠くから来た姉や弟は皆、父にすがりついて号泣したのに、わたしだけ泣けなかったの。父に、ひどいことを言ったからかもしれないわ」

まるで渚の胸のうちを言い当てたかのような話だった。

父が亡くなってから、渚は一度も泣けていない。そういう人もいるという話も聞いた。だけど、毎朝仏壇《ぶつだん》で手を合わせるたびに涙ぐんでいる静流を見ると、自分は冷たい人間なのではないかと思った。

父に対して言い放った自分の言葉——後悔《こうかい》が先立って、泣くことができなかった。泣く資格すら、ないような気がした。

「悲しくなかったわけではないのよ。ただ介護をしている間に、覚悟をしていたところもあったし、亡くなった後は、忙しくて泣く暇もなかったっていうのも事実よ」

それはわかる。父が亡くなって、渚も何度も役所や銀行に行った。

「それで、気づいたら一年が経っていたの。あとから泣けるって言われたけど、そういうこともなくて。そういう状態が続くんだろうなって思っていた」

横田さんはたこ焼きを食べる手をとめた。

「ああ、もう一年経ったんだなって思ったとき、大岡川《おおおかがわ》の川沿いで、たこ焼きの出店を見たの。満開の桜の木の下で、尊さんがたこ焼きを焼いていたの」

「大岡川のお花見ですね」

渚の言葉を聞き、横田さんはうなずく。

「そうね。桜の時期だったのに、わたしはすっかり忘れていたの。で、ふらふらっとたこ焼きにひかれたの。たこ焼きなんて別に普段、食べたいなんて思わないのに。尊さんは相変わらずで、常連さんには『いらっしゃい』じゃなくて、『お帰りなさい』って声がけしていた。で、私の顔を見たときに、『お帰りなさい』って……。その瞬間、涙がとまらなくなったの。あれだけのお客と毎日会っているのに──わたしなんて、年に一回か二回しか買いにいかないお客なのに、わたしのことを知っていてくれたんだなって」

──六粒入りでいいですか？　お父さんの分も、おまけしておきますね。

「尊さんには父のことは何も言っていなかったの。尊さんのたこ焼きを父に買っていたことも。なのに、尊さんには伝わっていたの。『父は亡くなりました』──そう言って、おまけを断ろうかとも思った。そうしたら──」

──食べたら元気になりますよ。つらいときは、笑うといいです。笑ったら、楽になります。笑ったら、天国のお父さんもきっと笑ってくれますよ。

「それを聞いて、私、元気がなかったんだなって思ったの。なにより、たこ焼きを買って、そんなことを言ってもらえるとは思っていなかった」

——おいしかったら、また来てくださいね。

「お客さんに対して、誰にでも言っているようなことかもしれない。でも、その一言が人を救うってこともあるの。わたしは尊さんに救われたの」

——つらいときは、笑うといいです。笑ったら、楽になります。笑ったら、天国のお父さんもきっと笑ってくれますよ。

不思議だ。父が亡くなってから、たくさんの人から、父の言葉を聞く。

父の話を聞いても、以前聞いたときと、印象がまったく違う。一カ月前の自分なら、横田さんの話を否定的に受け止めただろう。父はまた、商売に専念せずに、お客と無駄話をしていたのか——と。

要するに、自分は何もわかっていなかったのだ。

父のことも、半分も理解していなかった。父がどれだけ、皆に愛されていたのかも。今までにあったものがなくなった。その喪失感《そうしつ》がどういうものか——考えようともしなかった。なぜ自分のたこ焼きが駄目だったのかも。

——笑ったら、天国のお父さんもきっと笑ってくれますよ。


笑ったら、天国の父も笑ってくれるだろうか。渚の心ない言葉を許してくれるだろうか。

皆の話を聞いていくうちに、渚自身、気づいたことがある。

あやかし祭りのときのたこ焼きは、親方や瑛太《えいた》を見返したい、借金を返済するために、なんでもいいから売りたい——それしか考えていなかった。

お客を楽しませたいとは思っていたけれど、心構えが足りなかった。

作り手は、食べる人のことを考えないといけない。食べたときの笑顔が見たい。

その人がほっとする顔が見たい。少しでもおいしいものを食べて、元気になってもらいたい。笑ってほしい。

その気持ちが、たこ焼きをより一層、おいしくする。

たかだかたこ焼きだけど——作り手の気持ちが反映される。

そこがお祭りなら、お祭りを楽しんでもらえるように、その願いが作り手の手にこもる。


——どうぞ、いらっしゃい。

——おいしかったら、また来てね。

父が長年、お祭りで焼いていたたこ焼き。もしかしたら、そのたこ焼きは、いつしかお祭りの一部になっていたのだろう。

そのたこ焼きを食べて、お祭りを思い出す人もいただろうし、ちょっとした過去や、父のことを思い出す人もいただろう。元気になる人もいたはずだ。

自分は、その人たちの気持ちをなにもわかっていなかった。

意地をはって、お客に向き合っていなかった。わざわざ足を運んできてくれて、会いにきてくれたのに。

「たこ焼きひとつ」

その声に渚は顔をあげる。

「いらっしゃ……。なんだ瑛太か」

「なんだとはなんだよ。客に向かって」

「いつもごひいきにしてくださって、ありがとうございます」

「すげー焼いてるな」

瑛太が鉄板をのぞきこむ。全面を使って焼くのは久しぶりだ。

「ちょっとやり方をかえようと思って」

「また新しいたこ焼きでも開発したのか」

「ううん、普通のやつ。これはご近所さんに配ろうかと思って。無料サービス」

そう言うと、瑛太は声をあげた。

「お前、馬鹿じゃないのか。何十軒に配るんだよ。完全に赤字だろう」

「どうせ赤字なんだから、いいの。あと天国《あまくに》に頼んでこれ作ってもらったの」

渚は瑛太にクーポン券を渡す。

「お客に一パック無料でプレゼントって……お前、借金返すつもりあるのか」

「あるよ。真剣に焼いているんだから、邪魔しないで」

渚はたこ焼きをひっくり返しながら、瑛太に言った。

「再スタートのつもり。奇をてらわずに、正直にやろうと思ったの。お父さんのたこ焼きは今の段階では無理。今はこの味だけど、いつかあの味を作れるようになるから、よろしくお願いしますーーって」

もしかすると、最初からそうすればよかったのかもしれない。

あやかし祭りと並行して、ご近所さんの集客も目指せばよかったのだ。

瑛太がやってくれたように、自分たちもご近所さんに頭を下げるべきだった。

それなのになにもかも他人任せで、コロナだからいやがられるかもしれないと思い込んで、挨拶《あいさつ》にすら行かなかった。

チラシ配りを馬鹿にしていたけれど、ご近所こそ、チラシ配りは有効だったのに。

「ま、親方が食紅《しょくべに》を使ったたこ焼きに反対したのは、普通のたこ焼きで十分利益が出たからだろうな」

たこ焼きを食べながら、瑛太が渚に言う。

「タピオカ粉は小麦粉より、コストがかかりすぎる。あと、なんだかんだで皆、普通のたこ焼きが好きだし」

瑛太の言うことはもっともで、ぐうの音《ね》も出なかった。それに対して、怒りを抑えることができたのは成長だった。

なにはともあれ楽しくやっていると人が集まってくるのは確かだ。

「非接触ってことにこだわるんなら、今後、たこ焼きの自動販売機とかいいかもしれないですね」

アパートから手伝いにでてきた天国が言った。

「冷凍のたこ焼きってこと？」

「いや、作りたてのたこ焼きを自販機に入れるんですよ」

「それ、本当に売れる？」

「そういうお店が実際あるそうなんです。なんかのスイーツだったと思いますけど」

「スイーツは冷たくても大丈夫だけど、たこ焼きはさすがに無理じゃないの？」

「それならいっそ、デリバリーをやったほうがいいですよ」と鬼束が言う。

「デリバリーって実店舗がないとダメなんじゃなかったっけ」

「キッチンカーを作ればいいじゃないですか」

「保健所の許可がいるし、面倒なんじゃないの?」

「尊さんが使っていたワゴン車を改造すれば、いけると思いますよ。キッチンカーがあれば、場所を問わず営業できますし、デリバリーもできます。あやかし祭りだって、ここの場所に限らず、できるじゃないですか」

「そっか。移動販売ができるからね」

「そうですよ。問い合わせたら、保健所の申請は一カ月くらいでおりるそうです。どうしました? なんか変なこと言いました?」

「なんでもない」

気がついたら、天国と鬼束を前にして笑っていた。

五年ぶりにここに戻ってきた当初は、笑う気分になどなれなかったのに。

まだ父の喪も明けてないのに、笑うなど不謹慎《ふきんしん》かもしれない。

けれど、夢を語るのは楽しい。

あやかし祭り自体は、無駄ではなかった。

その後、地元の情報誌が取材に来たし、この場所にたこ焼きの店があるということが広く認知された。あやかし祭りが突然中止になったことに怒りを覚えた人たちがネットで状況を説明し、渚たちの窮状《きゆうじよう》を訴えてくれたりもした。

鬼束の友人が別のイベントの可能性をさぐり、企画を考えてくれた。コロナが終息してから——ということだけれど。


——渚ちゃん、お祭りをやろう。


咲良の声が頭の中で響いた。そうだ。お祭りをやろう。

いつだったか大学の講義で聞いたことがある。

祭りの本来の目的は、神様に感謝すること。そうして日本人は古来から神にまつらい、神と共に生きてきた。

日本人の世界観は「ハレ」と「ケ」の概念《がいねん》のもとに成り立っている。

「ハレ」は非日常、「ケ」は日常。「ハレ」の日には、晴れ着を着、神聖な食べ物である餅《もち》や赤飯を食べ、お酒を飲んで祝う。「ハレ」の最たるものが「祭り」である。「ハレ」をとりおこなうことで、「気枯れ《ケガレ》」をリセットし、「ケ」を生きる活力とする。

そうやって「ハレ」と「ケ」を繰り返すことで、人は生きていく。

今、息苦しさを感じるのは、コロナで「ハレ」を行えない状況だからかもしれない。

――渚、大変なときは笑うんだよ。大変なときこそ、笑ったらいい。そうしたら、いいことが舞い込んでくるから。

父はよくそんなことを言っていた。ラッシュが続いて、体が動かなくなったときも、ずっと笑っていた。父が笑っているせいで、お客の行列が絶えなくて、ますます体が動かなくなった。

父のたこ焼きの店は、いつも大繁盛《だいはんじょう》だった。ほかの屋台の人たちからやっかみを受けるほどに。行列の絶えない秘訣《ひけつ》を――父はすでに渚に語ってくれていた。

――笑えばいいんだよ。笑っているところに人は集まってくる。

その言葉の意味は、最初はよくわからなかった。わからないと正直に話すと、説明してくれた。

――日本の祭りの原点って天照大御神《あまてらすおおみかみ》の「岩戸隠《いわとがく》れ」なんだよ。だから、笑えばいいんだ。

父は中卒だけれど、職業柄、祭事に関する雑学に通じていた。

「岩戸隠れ」の物語は、日本神話や古事記《こじき》に出てくる。弟である素戔嗚尊《すさのおのみこと》の傍若無人《ぼうじゃくぶじん》なふるまいにより、太陽を司《つかさど》る天照大御神は天の岩戸に隠れ、引きこもってしまう。すると、国中から光が消えてしまった。これに困った八百万《やおよろず》の神々は天照大御神を岩戸の外に出そうと、ありとあらゆることを実行する。鳥を鳴かせたり、鏡や勾玉《まがたま》を捧げたり、祝詞《のりと》を読み上げたり、宴会を行ったり……。しかし、いくら騒ぎ立てても、一向にでてこない。

そこで登場するのが天宇受賣命《あめのうずめ》という女神だ。裸身をさらけだして踊り、まわりの神々が大笑いする。その様子が気になり、ついに天照大御神は岩戸を開き、この世に太陽が戻る。

つまり、父が言いたかったことは――楽しそうなところ、笑いがあるところには、自然と人が集まってくるということ。

そうだ。笑っていると、作業も楽になる。

笑っていると不真面目《ふまじめ》だと思われることもあるけれど、疲れを感じにくくなる。

父には及ばないけれど、自分なりのたこ焼きを焼く。

食べる人の幸せを願って。その人が笑顔になることを望んで。

おいしく食べてほしい。お祭りのときのように――楽しい気持ちでいてほしい。

そう思っていたら、体の奥から音楽が聞こえてきた。

お祭りのお囃子《はやし》だ。神輿《みこし》のかけ声も聞こえてくる。それから人々の喧噪《けんそう》。

ずっと、聞こえていなかった音が、記憶の中からあふれ出してきた。その音を聞いていたら、自然と体が動いた。

「はい、どうぞ。いらっしゃい。熱々ですよ。おひとついかがですか。食べると元気になりますよ」

自然と声が出た。

渚は焼き上がったたこ焼きを、キリでつまみ、パックに詰めていく。そのときだった。

「たこ焼き、一つ」

高齢の女性の声に顔をあげると、そこに大家の榊《さかき》さんがいた。手には千円札を握っている。

「たこ焼き、一つちょうだい」

「あ……」

渚が答える前に、大家さんの後ろから娘さんの声が飛んできた。

「お母さん、なにしているの！　ごめんなさい。たこ焼きは買わないんです」

「なに言っているの。いつも買っているじゃない」

「お母さん、買っても食べられないでしょう？　今朝もあんなにごはん残して――」

二人は口論をはじめた。どうしようかと、なりゆきを見守っていたときだった。

「ああ、大家さん、いらっしゃい」

　ふらりとやってきた瑛太が二人の前に立った。

「尊さん？　……ああ、尊さん」

　榊さんは信じられないといった顔で、瑛太を見た。業務用スーパーのエプロンをつけている瑛太は、父とはまったく似ていないのだけれど。

　そのときの瑛太の雰囲気《ふんいき》は、どこか父と似ていた。

「ちょうどよかった。今、大家さんのためのたこ焼きが焼けたところなんです。熱々ですから、気をつけて。食べると元気になりますよ」

　瑛太は一パックを大家さんに渡した。渚には、俺が払うから――という視線を送りながら。


　――食べると元気になりますよ。


　思わず、涙が出そうになった。

　瑛太のその言いまわしが、父にそっくりだったから。

　声質は似ていないけれど、父が生きていれば、同じことを言ったのではないかと思う。

　たこ焼きを受け取ったけれど、大家さんの娘さんは苦い顔をしていた。

「ありがたいですけど、お母さん、ずっと食欲がないんですよ。特に夏場は。のどごしのいいゼリーでさえ口にしなくて困っているんです。それなのに、こんなに重いたこ焼きなんて。お母さん、はやくお返しして」

ああ、そうか。大家さんの娘さんはたこ焼きを食べない人だ。

もしかすると、先日、手土産《てみやげ》で持っていったたこ焼きは迷惑だったのかもしれない。そう思ったときだった。

大家さんはよたよたと歩くと、パイプ椅子《いす》に腰掛けた。それから娘さんが止めるのも聞かず、震える手でパックをあけ、一粒を口にした。

「食べた……」

悲鳴のような声をあげたのは、大家さんの娘さんのほうだった。

「お母さんが自分から食事をするなんて――」

大家さんはゆっくり、ゆっくり、味わうようにたこ焼きを食べた。「大多幸《おおたこ》」のたこ焼きは一粒が大きい。食が落ちている高齢者からすると、一粒でもお腹いっぱいのはずだった。

渚は大家さんの足下にしゃがみこむ。

「どう……ですか？」

大家さんの顔をのぞき、感想を聞いてみる。いつもイライラして怒鳴り散らしている大家さんだ。また、怒られるかもしれない。だけど、自分のたこ焼きの評価を知りたかった。たぶん、これまでのたこ焼きよりは、おいしく作れたはずだから。

大家さんは渚の顔をじっと見た。それからしわだらけの口元をほころばせた。

「尊さんのたこ焼きは、やっぱりおいしいね。何年経っても、かわらない味だ」

その笑顔は、百万円の売り上げよりも、大切なものだった。

＊＊＊

七月十七日の夜。

借金の納期は翌日に迫った。

「で、渚さん、最後の仕掛けってなんなんですか」

静流が聞いた。

この六日間で、たこ焼きは史上最高の売り上げ——四万円を達成した。それから天国が管理していた商品の在庫がフリマアプリで一万円の売り上げがあった。

しかし、それでも四十万円が残っている。

「渚さん、四十万稼《かせ》げるあてはあるんですか？」

「ひとつだけある。お祭りができそうな場所と、確実に支払えそうな人が」

「どこですか」

静流の質問に答えず、渚はスマホを開き、運転手を呼び出す。

「鏑木《かぶらき》」

「はい」

「お前、山下さんの秘書の連絡先知っているでしょう」

「知ってますが」

「こっちに送ってちょうだい。電話したいことができたの」

「山下様ではなく、秘書に？」

「直接交渉してみるの」

一カ月前、都内のホテルで会ったときに、山下さんはこんな話をしていた。山下さんのイベント会社で手がけている撮影があり、秘書がたこ焼き職人を探していると。

その人を用立てることはできないけれど、代役ならいる。なんなら「あやかし祭り」をそっくり提供できる。そう言って、売り込むことはできないだろうか。

一週間ほど前、山下さんが経営しているイベント会社に天国がメールを送ったけれど、返信はなしのつぶて。警戒されたのかもしれない。

だが、渚が自分で売り込めば――どうにかなるのではないだろうか。

前日に売り込むなど、無茶にもほどがある。しかし、その会場は、渚のよく知っている場所なのだ。

「それはまあ、ご自由に……としか言いようがないですけど、その前にお嬢様、大変なことになっているの、もしかしてご存じないんですか？　ずっとお嬢様にメッセージ送っていたんですけど」

「大変なこと？」

渚はスマホを確認する。ああ、いつもそうだ。なにかに夢中になると、まわりに気が回らなくなる。またＬＩＮＥのメッセージ確認を怠《おこた》っていた。

「お嬢様、あやかし祭りですよ。お客が撮った写真が、ネットに上がっているんです」

「ああ、それ。公開は十八日以降って言ってたのに、前倒しで公開した人がいるのね。いいじゃない、別に。それでお客が来てくれるのなら万々歳《ばんばんざい》だし」

「違います。渚お嬢様の顔が出ているんですよ」

「え？」

渚は鏑木が送ってきたＵＲＬを開く。

「なにこれ」

渚は目を瞬かせる。確かにこの顔は渚だ。

暗闇で輪郭《りんかく》がぼやけているが、顔はしっかり認識できる。

あやかし祭りでたこ焼きを焼いているとき、暑くて一瞬、マスクをはずしたときの顔がネットにＵＰされている。

「あやかし祭りで、きれいなお姉さんがたこ焼き焼いていました♡」

その写真があっという間に拡散されている。

（やばっ）

あやかし祭りの住所は半ば特定されている。見る人が見たら、渚であることが一発でばれる。

「これはまずい……ですよね」

サイトを見た静流が渚の顔を見る。

「ご家族に知られたら、大問題ですよね」

「か……関係ないよ」

「渚さん、顔がぎこちないですけど。山下さん……でしたっけ。知られるのは、まずいですよね」

「そうだけど。山下さんがこのサイト、見るとは限らないし」

と思ったけれど、いや、見るはずだ。もう見た後かも知れない。なぜならこの一週間前、山下さんが経営するイベント会社にこのサイトを送ってしまったから。

「どうします？」

「どうって……」

渚は空を仰《あお》ぐ。

笑っていればなんとかなるのなら、笑いたい。

「ちょうどよかった。覚悟が決まったかもしれない」

「覚悟……ですか」

そのとき、スマホに着信があった。運転手の鏑木からではない。山下さんの秘書からだ。

渚は静流に言った。

「最後のお祭りをしよう！」

＊＊＊

本来、こういったイベント仕事は親方を通して受けるものだ。

それを直接交渉し、受けるのだから、あとでお叱《しか》りを受けるかもしれない。けれど相手は渚の婚約者――であるのなら、例外として認められるだろう。

「え……渚様？」

「どうなさったんですか、その格好は」

トラックで会場に到着した途端、顔を知った人たちがわらわらと集まってくる。

「露店をお探しだということでしたので、調達しました」

「そうですけど。え……」

渚を目にした山下さんの秘書は狼狽《うろた》える。

それもそのはず。秘書が知っている渚は、西脇《にしわき》家の清楚《せいそ》なお嬢様だった。趣味はお菓子作り。いつも上質の、女性らしい服装で楚々《それ》とし、おっとりと微笑《ほほえ》んでいる。

それが目の前の渚は、大多幸のロゴの入ったTシャツに薄汚れたデニムにエプロン姿。完全労働者階級の格好だ。しかも、

「静流、通行人の邪魔にならないように設置して。天国、忘れ物がないか、もう一度確認しておいて！　鬼束、容器がまだ出てないよ」

大声で皆に指示を出しまくっている。

こんな姿、誰にも見せたくないと思っていた。

だけど、自分なら今後、テキヤ業界のお客となる人への橋渡しができるかもしれない。静流たちの未来のために役に立てるかもしれない。

秘書はおそるおそる渚に聞いた。

「ひょっとして例の『あやかし祭り』って、渚さんが企画されたのですか？」

「そうです」

「え、じゃあ、今話題になっているこの人って――」

秘書はやっぱりネットに上がった写真を知っていた。

「わたしです」

「どうして……」

渚はその質問には答えなかった。

「今回は無理を言って申し訳ありません。屋台を出させていただけることになって感謝しております」

「いえ、なにをおっしゃいますか。こちらに断る権利はありませんよ。ここって——渚さんの家じゃありませんか」

秘書は後ろに広がる日本庭園を見て言った。

そう、ここは西脇家の庭だ。

山下さんのイベント会社は、大がかりな宣伝用動画を撮影するために、西脇家の庭を借りた。宣伝用動画にお祭り動画をさしこむということで、その演出を兼ね、格安のケータリングというふれこみで、たこ焼きの屋台を置かせてもらった。

そこにこれからメディアの人たちが集まるという。

集まった人たちにたこ焼きを振る舞えば、「大多幸」の宣伝になる。

渚の母の実家だからこそ、融通《ゆうずう》がきいた。もちろん、だからこそ、渚の母や、祖母に見つかると大目玉をくらうというリスクがある。

しかし、そのときはそのとき。

今はむしろ、皆に特別なたこ焼きを食べてほしかった。

「今日は特別なたこ焼きを手配したんですよ」

渚は山下さんの秘書ににこやかに言った。

「それって、横浜のたこ焼き職人のですか？」

予想通り、秘書は食いついた。

「ええ、これを食べれば、幸せになれるそうです。縁結びの御利益《ごりやく》があるとか。それを今日だけ格安価格で提供します」

普段は一パック六百円のところ、一パック二百円で提供する。こんな破格のたこ焼きに飛びつかない人はいない。しかも話題性は抜群《ばつぐん》だ。

渚の読みは当たった。

「いらっしゃい、どうぞ」

「熱々ですよ」

休憩時間になると、屋台の前に大行列ができる。呼び声に引かれ、多くの人が集まってくる。密にならないよう、静流がお客を誘動する。

「うまっ」

「いいね、昔懐かしい味がする」

「ありがとうございます」

取材で来た人たちに、渚は笑顔で応じる。

そのたこ焼きを、西脇家の渚が焼くから、なおさら人々の関心をひいた。

「渚さん、本当に大丈夫なんですか？」

お金とりをする静流の顔は青ざめている。

「いいんじゃないの。このたこ焼き、普通のたこ焼きより原価は安いんだから」

「いえ、そうではなく……」

静流の視線はこちらにやってくる男性に向いていた。それに気づかず、渚はたこ焼きを焼き続けた。

竹《たけ》さんが逆転の発想といったのはわかる。

親方が反対するはずだ。こんなたこ焼き、売っていたら詐欺《さぎ》にも等しい。

特別なたこ焼きとは「タコ」が入っていないたこ焼きなのだから。

もっとも、タコがまったく入っていないわけではない。二粒だけ、タコが入っている。

パティスリー修業をしたときに聞いたことがある。フランスのガレット・デ・ロワというパイ菓子や、英国のクリスマスプディングと同じような発想だ。

ガレット・デ・ロワの中には指輪や陶器《とうき》人形が仕込まれている。それが当たった人はその日の王様になり、幸せがもたらされるという。

それと同じく、六粒の中の二粒だけタコが入っているたこ焼きがある。それを一度で当てた人には御利益がある。カップルで二粒当てた人は、末永く幸せになれる。

そう言って、父は売り込んだという。

その情報は天国がネットで探してきた。

嘘みたいな話だけれど、当時、普通のたこ焼きよりも、タコが入っていないたこ焼きのほうが馬鹿売れしたという。もちろんそのたこ焼きが売れた理由は、タコが入っていないたこ焼きでも、馬鹿売れするくらい、生地がカリカリふわとろで美味《おい》しかったからだ。

父が焼いた縁結びのたこ焼きは、評判が評判を呼び、不思議なことに、実際に幸せな結婚をする人たちが続出したという。

「これで二百円は安いよ」

目の前の人たちが渚に言う。

「カリッとした生地がうまいよね。いくらでも食べられる」

「『あやかし祭り』のたこ焼きも売っているんだっけ?」

「そちらは六百円になりますけど」

「話の種に買っていくよ」

「まいど、ありがとうございます!」

渚は心の中でガッツポーズをする。

たこ焼きは飛ぶように売れ、一万、二万円……と売り上げが上がっていったときだった。

「渚さん！」

男性の声に、渚は顔を上げる。湯気の向こうに聞き慣れた声の人が立っていた。

彼とは今日、この場所で会うことになっていた。撮影のために西脇家の日本庭園を借りた彼は、撮影後、西脇家の人たちを交えて、歓談の予定があった。

そのためか、スーツを着て、めかしこんでいた。いや、彼はいつもと同じ格好だ。違って見えたのは、しばらく渚が違う環境にいたからだろう。

「いや、びっくりしましたよ。秘書から話を聞いて」

山下さんは爽《さわ》やかに笑った。

「まさか渚さんがたこ焼きを焼いていたなんて……。ああ、そうか。これも社会勉強なんですね。あの、テキヤ……でバイトをしているんですか？　それとも僕を驚かせるサプライズかなにかですか？」

都内のホテルで竹さんと遭遇《そうぐう》したときに、すでに不審に思っていたであろうに、山下さんは逃げ道をくれた。彼はずっとやさしくて紳士だった。

そこで、はい、そうです。と言えばよかったのかもしれない。

母には、テキヤであることは隠すようにと言われている。それが西脇家にひきとられたときの条件。

だけど――。

──言いたい人には言わせておけばいいじゃないですか。テキヤで何が悪いんですか？　人を肩書きや職業で差別するような人間なんて、こっちから願い下げですよ。


ふいに静流の言葉が頭に浮かんだ。

こんなことを言えば、縁談もなくなるかもしれない。だけど、山下さんに話しておきたかった。話しておかないといけないと思った。

西脇家の醜聞《しゅうぶん》になるかもしれない。家を勘当《かんどう》されるかもしれない。けれど、もう誰にも隠しごとをしたくなかった。

渚は山下さんににっこり笑った。

「隠していてすみません。父がテキヤだったんです」

たこ焼きを焼きながら、さらりと言うと、山下さんの動きが止まった。

「え……」

「以前、ホテルで会ったとき、たこ焼き職人の話をされていましたよね。あれ、わたしの父なんです。あのときにはっきりお答えできていなくて、大変失礼いたしました」

「渚さんは……その……」

山下さんはしどろもどろになる。

「とある名家の御曹司《おんぞうし》の隠し子……という噂《うわさ》があったようですが」

「嘘です。テキヤの娘ですけど——それでもつきあっていただけますか？」

たこ焼きがじゅーじゅーと焼ける音があたりに響く。

「あ、すみません。ちょっと頭が混乱して……」

山下さんは一生懸命笑顔をつくろうとした。

無理もない。

彼も縁談となると、自分の意志では動けない身だ。突然こんなところで打ち明けるなど、渚に配慮《はいりょ》がなさすぎる。それもわかる。

だけど——こんなことを望むのは酷《こく》なのかもしれないが、「そんなこと、僕は気にしません」と、即答してほしかった。

第八章

七月十九日。

「そんなことがあったとはね」

家に戻ってきた渚《なぎさ》に、母は静かに言った。母は怒ってはいなかった。

「先ほど山下《やました》さんから連絡があったわ。婚約に関しては、少し考えさせてくださいって」

丁重なお断りの文句だ。

「仕方ないと思う」

「あんないい人、見つからないかもしれないわよ」

「いいの。この世の中の人口は七十億で、私の年代は男性のほうが多いらしいし」

「テキヤの娘って知られたくなかったんじゃないの？」

「もういいやって気になったの。隠しごとをするほうが疲れるし、西脇家《にしわき》の生活はわたしには無理だなって。がんばったけど」

母には申し訳なく思ったが、母は気にしていないようだった。

「謝ることはないわよ。でもまさか本当に四十万作るとはね。香典《こうでん》を集めればそれなりの額になったでしょうに」

　母は感心したように言った。

　実際はまだ四十万は手に入っていない。十八日の売り上げは七万円。しかし、メディアの人たちの前で宣伝したことが功を奏し、露店のイベントの仕事を三つとってきた。

　そのことを親方に報告し、借金の返済を延期してもらった。これがうまくいけば、三十万の売り上げにはなるはずだ。成功させれば、次の仕事につながる。

　苦い顔をしていた若い衆の中で、

「さすが尊《たける》さんの娘さんです」

　竹《たけ》さんだけは渚を手放しで褒《ほ》めた。それから、あとでこっそり教えてくれた。

「ここだけの話ですけどね。おやじさん、渚さんを認めてましたよ」

「直接言ってくれればいいのに」

「そういうわけにはいかないんですよ。まわりの目もありますからね。でも、渚さんのたこ焼きを食べて、さすが尊の娘だって言ってました。借金を返すめどがついたこともそうですけど、渚さんが自分の立場を捨てて、テキヤのために行動して、テキヤに仕事をとってきたことも」

「テキヤのため……っていうわけではなかったけど」

「テキヤのためですよ。ああ、そうそう。あと、おやじさん、ガラケーやめて、スマホ買ったそうです」

竹さんはおかしそうに笑った。親方は若い衆に頼れず、お孫さんに使い方を教わっているらしい。これまでSNSの話を聞いて、わかっているふりをしていたのがばれないように、お孫さんと密かに特訓しているとか。

その話はお孫さん経由で若い衆に筒抜《つつぬ》けなのだけれど。

「これからいい方向に、変わるかな」

渚が訊くと、竹さんは笑った。

「変わると思いますよ。変わらないと生きていけないですから」

「終わりよければすべてよしってことかしら。でも、残りの四十万作れなかったときはどうするつもりだったの？」

母はティーカップに入れた紅茶を飲み、渚に訊いた。

「最悪、これを売ればいいと思っていた」

渚は風呂敷包みを母に差し出した。

「着物？」

そう。山下さんと会うときに着ていた着物だ。売れば、数十万にはなるとふんでいた。

「売らなくてよかったと思うわ」

母は微笑《ほほえ》んだ。

「尊さんの借金の原因は、たぶん、その着物だと思うもの」

「これが？」

「あなたが高二のときだったかしら。夏休みに友達とお祭りに行くって言って、わたしの浴衣《ゆかた》を借りにきたじゃない」

「うん」

当時、父と母は別居していたため、渚は母の家まで浴衣を借りにいった。実際はその浴衣を着ることはなかったのだけれど。

「そのとき尊さん、渚が着物一枚持っていないことに初めて気がついたのよ」

「お父さんが？」

「厚木《あつぎ》の花火大会に渚のお友達が来たんですって？　その子は可愛《かわい》く着飾っていたのに、渚はTシャツで汚れていて、さすがに可哀想《かわいそう》だったって。悪いことしたって」

「そんなこと――」

初めて聞いた。

「そんなこと、娘に直接言うような人じゃないでしょ。でも、あなたのことはずっと気にかけていたわ。山下さんと交際をはじめたときも、そわそわしていたし」

「どうして……」

「定期的に電話があったもの」

知らなかった。父と母は離婚した後も、連絡をとりあっていたのだ。

母はおっとりと言った。

「今年になって渚に着物を買ってやってほしいって、養育費もろくに払っていない人が急にまとまった金額を振り込んできたの。振《ふ》り袖《そで》を買ってあげなかったことも気にかけていたみたい」

父は、そのせいで親方に借金をするはめになったのだ。

「どうして教えてくれなかったの？」

「教えたら、あなた着なかったでしょう？」

「そんなことは――」

言いかけて、渚は口ごもる。そうかもしれない。

父が買ってくれた着物などいらない、と言って反抗したかもしれない。

「本当に最後までだめな人だったわね。娘のために買ってあげた着物で借金をこさえるなんて。しかもそれを娘に返させるなんて」

母の口調はどこかなつかしげで、楽しそうだった。

「渚、あの人のことなら、気にする必要はないわよ。笑っていればいいのよ。それが一番の供養《くよう》になるんだから」

＊＊＊

いいこともあれば悪いこともある。

人生ってそういうものなのかもしれない。

四十九日の法要が終わり、渚は喪服《もふく》を脱ぐ。

父の仏壇《ぶつだん》にたこ焼きをそなえた後、夕食のたこ焼きをつつく。

一難去ってまた一難。厄年《やくどし》ではないのに、今年はなにかと悪いことばかり起きる気がする。

テキヤの娘であることを暴露したときから、西脇家に出禁《できん》になった。まだ返済しないといけない二百万の借金がある。

それだけではない。

「大家さんの娘さん、駐車場売っちゃうそうです」

帰宅するなり、静流が言った。

「マジで」

「大家さんが介護施設に入るための資金が必要で、仕方ないそうです。これまでただ同然で貸してもらっていたので、こっちが文句言える立場じゃないですよね」

それもそうだ。

厚意で貸してもらっていたのに、大家さんを騙《だま》すようなことまでして、「あやかし祭り」でも土地を借りてしまった。よくよく考えれば――よくよく考えなくとも――ずうずうしいことこの上ない。遊ばせていた土地とはいえ、よく貸してくれたと思う。

夕食をすませると、瑛太《えいた》がやってきた。

「渚。聞いたか？　横浜《よこはま》の今年の『酉《とり》の市《いち》』は中止になるらしい」

「そうなんだ。やっぱり」

「かなりの痛手だよな。おやじさん、どうするんだろう」

そう言われ、渚は今日会ったばかりの、親方を思い出した。年と持病のせいで、すっかり弱り切っていた。

母に借りた二百万と一緒に、三百万を返すと、心から感謝された。

いつもなら嫌みのひとつやふたつ言われるだけに、かえって拍子抜けした。親方も苦しいという噂《うわさ》は、嘘ではなかった。

「酉の市がないと、おやじさんだけじゃなくて、テキヤ全体が大変かもしれない」

「そうらしいな」

酉の市は日本各地の鷲《おおとり》神社の年中行事だ。

十一月の酉の日に市が立つことから、「酉の市」という。酉の日は十二日に一度めぐってくるので、年によっては二度、三度立つことがあり、それぞれ「二の酉」、「三の酉」と呼んでいる。

今年、二〇二〇年はちょうど三の市が立つ年だった。

横浜の「酉の市」は、地元の人に「おとりさま」の呼び名で信仰されている金刀比羅大《ことひらおお》鷲《とり》神社の酉の市だ。

大鷲神社の酉の市には、近隣の住民や企業から提灯《ちょうちん》が奉納され、福運をかき集める縁起《えんぎ》熊手《くまで》を売る店が軒《のき》を連ねる。高さ三メートルにもわたり、飾られる大小の縁起熊手は、店によってデザインも、熊手についた縁起物も異なる。

「酉の市」は昼と夜ではまったく印象が違う。夜には灯りが煌《きら》めき、幻想的な雰囲気《ふんいき》をかもしだす。

熊手を買う人がいると、店の前でかけ声が響く。

「家内安全、交通安全、商売繁盛《はんじょう》、無病息災《むびょうそくさい》、――様が来年一年益々《ますます》栄えますように。よー、よよよい、よよよい、よよよいよい。よよよい、よよよい、よよよいよい。よよよい、よよよい、よよよいよよよいよい」

酉の市では四百から五百の屋台も並ぶ。

父と母が出会ったのは、酉の市だったという。

母が酉の市に足を踏み入れたのはまったくの偶然だった。大企業の社長令嬢の友人に誘われ、生まれて初めて、横浜の大鷲神社に行った。

友人が予約した熊手をとりに行っている間、露店をぶらついていたのだけれど、いくら待っても友人はあらわれず、完全にはぐれてしまった。

深窓の令嬢だった母は一人歩きをしたことがなく、途方にくれ、ひとまず待ち合わせ場所で友人を待つことにした。

その場所の近くにあったのが、父のたこ焼きの屋台だった。

当時、母は大学生だったが、屋台を見るのは初めてだった。

「はい、いらっしゃい。どうぞ」

楽しげな声にひかれ、母はずっと父がたこ焼きを焼く姿を見つめていたという。

父は何度か母に話しかけたものの、あまりにも笑わないので、苦労をした。でもいつしか、笑い合う関係になっていたという。

二人は別れたけれど、決してお互いを嫌い合っていたわけではなかった。

家を出るとき、母は渚にこう言った。

「わたしはこの世界のどこかで尊さんが笑っていてくれれば、それでいいと思ったの。一緒にいる必要はないの。心はいつもつながっている気がするもの。今だって、たぶん、尊さんは笑ってくれていると思う。だから、わたしは大丈夫。尊さんが笑っているって思うだけで、幸せだもの。渚、あなたは人のことを考えずに、自分の幸せを考えればいいのよ」

幸せの形は人それぞれだ。一緒にいなくてもいい。そういう幸せもある。


不穏なニュースは、そこかしこに散らばっている。だからこそ、負けないように——。

大変なときこそ、笑わないといけない。

笑いながら、大変なことをこなす。

まずは、たこ焼きのお店を出す場所を探さないといけない。そのためには立地のいい場所を検討《けんとう》したほうがいいのだろうか。

「ねえ、どうやったらお客に来てもらえるんだろう」

渚は、父の仏壇の前におちつき、パソコンのキーボードを叩いている瑛太に訊いた。

「来てもらうんじゃなくて、行くほうを考えたらどうだろう」

「え？」

意外な答えだった。

「天国《あまくに》と鬼束《おにづか》が言っていたけど、キッチンカーを作ってみる——とか？　尊さんの車、残っているんだろ？」

「わたし、免許持ってないよ」

「とればいいじゃん。車があると、行動範囲が広がるよ。自分からお客に会いにいけばいい」

「作ったことないのに」

「皆で作ればいいだろ。お祭りみたいで盛り上がるよ。で、お祭りみたいにお客に届けにいけばいい。キッチンカーにありったけの夢をつめこんで」

「それも――悪くないかも」

自分で焼いたたこ焼きを、必要な人に届ける。

お祭りが開催できない間は、自分でお祭りを演出する。そして、食べた人に元気になってもらう。ただ、そのためにはいろいろ問題がある。

「まず、おやじさんの許可をとらないと」

そう言うと、

「面倒だな」

と言って、瑛太も畳《たたみ》の上に転がった。すぐそこに瑛太の腕がある。近いな、と思ったけれど、口には出さなかった。

「たこ焼き焼けるキッチンカーって作れるのかな」

「どうにかなるだろ。車があれば日本全国に行ける」

「それおもしろいかも」

「だろ？　かっこいいじゃん」

古い天井を見ながら思った。

かつて、父と母も、こうやって夢を語り合ったのかもしれない。

これまでお祭りが好きだと言えなかった。テキヤだと言えないのがつらかった。無理してお嬢様らしくふるまうことも苦しかった。

だけど、瑛太がいると、楽だ。人にあわせて、自分を変えなくてもいいから。

テキヤを格好いいと言ってくれるから。

瑛太に謝らないといけない。これまで誤解していたことを。それから今後、テキヤとして、しっかり働くことを。

「お祭り、やりたい。お客さんと会いたい」

「やればいいじゃん」

「コロナでいろんな制約があるけど、できるかな」

「できるできる。笑っていればどうにかなるだろ。渚ならできる」

自分を信じてくれている人がいることはうれしい。

「そうだね」

目を閉じると、お祭りを開始する合図が聞こえた。普通は世話人が言うことなのに、なぜかその声は、父の声だった。

父は目を細め、笑っていた。

「テンバリ上げて。今日もがんばっていきましょう」

謝辞

本作の執筆にあたり、取材でお世話になりました神奈川県在住のＳＨ様、ＹＨ様、ＭＡ様、ＫＴ様、なきま様に感謝申し上げます。飲食、テキヤ業界のことなど、右も左もわからない私がこの作品を書き上げられたのは、この方たちのご協力のおかげです。

大学生のなきまさんは現在、世界を救うＹｏｕＴｕｂｅｒ「デンジャラス赤鬼」の「なきま」として活躍されています。本作にはなきまさんが作成した動画からインスパイアされたエピソードを（ご本人の許可をとった上で）入れさせていただきました。

コロナ禍《か》で心身ともに滅《め》入《い》っていたとき、私自身「デンジャラス赤鬼」さんの動画に力づけられました。この作品も同じように、皆様に楽しんでいただければ幸いです。

どうか皆様が健《すこ》やかでありますように。大変なときも笑って過ごせますように。心よりお祈り申し上げます。

二〇二〇年十二月吉日

一原みう

※この作品はフィクションです。実在の人物・団体・事件などにはいっさい関係ありません。

集英社オレンジ文庫をお買い上げいただき、ありがとうございます。
ご意見・ご感想をお待ちしております。

● あて先
〒101-8050　東京都千代田区一ツ橋2-5-10
集英社オレンジ文庫編集部 気付
一原みう先生

祭りの夜空にテンパリ上げて

集英社
オレンジ文庫

2021年3月24日　第1刷発行

著　者　一原みう
発行者　北畠輝幸
発行所　株式会社集英社
〒101-8050東京都千代田区一ツ橋2-5-10
電話【編集部】03-3230-6352
【読者係】03-3230-6080
【販売部】03-3230-6393（書店専用）
印刷所　大日本印刷株式会社

※定価はカバーに表示してあります

ISBN 978-4-08-680370-0 C0193